평일 오전의 작은 기적

서평과 리뷰 글쓰기로 평범한 주부가 작가가 되기까지

평일 오전의 작은 기적

서평과 리뷰 글쓰기로 평범한 주부가 작가가 되기까지

글짱

도서출판담다

프롤로그

아침을 쓰기 시작하며 하루가 달라졌다

아침을 쓰기 시작하며 하루가 달라졌다

아이들이 빠져나간 거실은 고요하지만, 평온함이 아닌 무기력의 그림자만 남아있다. 적막이 나인지, 내가 적막인지 알 수 없는 경계에서 손바닥만 한 스마트폰만 화면을 바꾸느라 바쁘다. 타인의 일상을 훔쳐보다 보면 오전 다섯 시간이 순식간에 지나간다. 화면이 몇 개 넘어갈 동안에는 그저 좋겠다는 가벼운 마음이지만, 이후부터는 부러움이 나를 사로잡는다. 다른 사람은 쉽게 가지는 일상이 나에게는 왜 이리도 엄격한지, 밀려오는 상대적 박탈감이 불평과 불안

울타리 안에서 나를 점점 작아지게 한다.

하고 싶은 것은 많지만 할 수 없는 게 문제였다. 마흔이 되기 전까지 나는 돈만 좇으며 살았다. 눈코 뜰 새 없이 바쁜 날 속에서 시간은 늘 부족했다. 하지만 마흔이 된 뒤 예상치 못한 건강의 적신호로 출근을 멈춰야 했다. 이번에는 시간이 남았지만, 돈이 없었다.

시간이 없는 것과 돈이 없는 것은 전혀 다른 결핍이었다. 돈 이야기가 일상이 되자 하루의 흐름이 쉽게 무너졌다. 일상의 질도 바닥으로 떨어졌다.

"저 사람과 나는 뭐가 다른 걸까?"

내가 원했던 오전은 커피 한 잔을 마시며 책을 읽거나, 혼자만의 고요한 시간을 보내는 소박함이 전부였다. 그런데 실상은 사방에 널브러진 집안일과 타인과 비교로 지친 내가 뒤엉켜 있었다.

'오전에 알바라도 할까?'

건강이 회복되기도 전에 또다시 돈에 끌려다녔다. 오전
10시부터 1시까지 가능한 알바를 찾았다. 물류 창고 일을
몇 번 다녀왔다. 스티커 부착, 의류 분류 같은 단순 작업은
쉬운 만큼 수입도 적었다. 왕복 기름값을 빼고 나면 아이들
치킨 한 마리 값이나 남을까. 손에 쥔 여윳돈 없는 오후는
피로감만 더하고, 밀린 집안일은 고역이다. 하고 싶지만 할
수 없다는 공허함은 해결되지 못했다.

'공짜로 할 수 있는 게 있다면 좋겠다.'

막연하게 뒤적인 스마트폰에서 '서평단 모집'이라는 작은
문장이 눈에 들었다. 책에 관심은 많았지만 결제 창 앞에서
늘 망설이던 나에게 무료로 책을 읽을 기회는 어두운 골목
에 불현듯 켜진 가로등이었다.

10년 전, 첫째 아이를 낳고 잠깐 해 봤던 서평 활동이 떠

올랐다. 몇 번 만에 포기하긴 했지만 신간 도서를 받았을 때의 설렘만큼은 또렷하게 기억에 남아있었다. 묵혀두었던 블로그를 다시 열었다. 일상과 육아, 도서관 대출로 읽은 책을 기록하고, 우울감이 밀려오는 날에는 비공개로 내 감정도 적었다.

열 개의 포스팅을 기록하고 무작정 지원한 서평단에 당첨되면서 스마트폰 화면 안에서 보던 책이 내 책상 위에 놓였다. 멈췄던 독서가 다시 발동을 걸었고, 택배로 도착하는 책은 여전히 선물처럼 나를 들뜨게 했다.

일상에 조금씩 변화가 생겼다. 손에는 스마트폰 대신 책이 들렸고, 발췌한 문장은 블로그에 쌓이며 나만의 문장 노트가 되었다. 오전에 책을 읽고 서평을 쓰는 일상이 익숙해지자, 적막은 고요함으로 천천히 흘렀다.

하지만 다양한 공간에서 책을 읽는 타인의 사진에는 여전히 비교가 따라왔다. 책 표지만 있는 밋밋한 내 사진과 달리 브런치와 함께 놓인 책 표지나 유명 프랜차이즈 카페의 커피잔과 어우러진 그들의 기록은 부러움의 대상이었다.

'나도 카페에서 책을 읽어 볼까?'

그러나 커피 한 잔은 5,000원이고, 빵을 곁들이면 만 원을 훌쩍 넘는 지출에 발목이 잡힌다. 하루만 외출해도 1만 5,000원, 이틀이면 3만 원. 혼자서 누리기엔 사치처럼 느껴지는 가격은 다시 돈 없이 할 수 있는 일에 대한 탐색으로 이어졌다.

플랫폼을 이용한 동네 체험단은 리뷰어로서의 새로운 출발선이었다. 어색하게 시작했던 카페 체험은 피부관리, 네일아트, 헤어숍, 가족 외식까지 경험의 폭을 넓히는 무궁무진한 기회의 연결 고리였다.

사진에 초점을 맞추기만 하던 체험은 시간이 갈수록 업체를 통해 정보를 수집하고 문장에 힘을 실었다. 비슷한 문장을 피하고자 파고든 시간은 나만의 문체로 남았다. 리뷰가 늘어갈수록 나는 공짜로 서비스를 제공받는 사람이 아니라 경험을 기록하는 사람이 되어갔다. 그리고 꾸준히 쌓이는 기록은 성실함을 대변했다.

어느 날부터 나는 평일 오전에 글 쓰는 사람이 되어 있었다.

3년간의 서평은 내면의 감정에 솔직해지는 연습장이 되었다. 2년간의 리뷰는 생생한 묘사를 배우는 훈련장이 되었다. 평일 닷새 동안 읽고, 체험하고, 글을 쓰는 반복 속에서 적당한 단어를 찾지 못해 헤매던 시간이 줄었다. 덕분에 짧은 문장에는 임팩트를, 긴 문장에는 리듬을 담는 방법을 찾았다. 매일 쓰는 1,000자가 단단한 뼈대를 세우고 탄탄한 구조를 설계하더니, 머릿속 생각을 활자로 옮기는 버거움은 어느새 즐거움으로 변했다.

그 과정에서 몇 권의 공동 저서를 거쳐 2022년에는 독립 출판으로 첫 단독 저서를 출간한 작가로 첫발을 내디뎠다. 2025년에는 기획 출판으로 두 번째 단독 저서를 출간했다.

편견과 억울함으로 위축되었던 나를 '작가 글짱'으로 세상에 소개하는 날을 맞이했다.

돌아보면 이 모든 변화에 거창한 계기는 없었다. 돈을 좇다가 넘어져 무기력에 주저앉아 있던 나에게 주어진 서평단과 체험단이라는 작은 기회가 이 책을 쓰기 시작한 이유가 되어주었다. 그런 점에서 『평일 오전의 작은 기적』은 '평일 오전'이라는 시간 속에서 내가 치열하게 고민하고, 경험하며, 부지런히 움직인 시간을 담은 기록이다.

이 책의 첫 번째 장은 권태와 무기력이 짙은 안개처럼 마음을 뒤덮고 있던 시절의 이야기로 시작한다. 돈이 없다는 이유에 갇혀 한 발짝도 앞으로 나아가지 못했던 시간, 마치 미로 속에 머물러 있는 듯한 막막함 속에서 길을 찾으려 애썼다.

두 번째 장에서는 서평과 리뷰를 통해 변화하기 시작한 일상을 담았다. 어설프고 어색했던 시작이었지만, 약속한 기한을 지키고 꾸준히 글을 쓰며 나 자신을 적극적으로 활용했다. 그 과정에서 신뢰가 쌓였고, 다양한 책과 체험의 기회가 내 일상의 폭을 넓혀 주었다.

세 번째 장은 기록이 쌓여 가는 날들의 이야기다. 표현의 반복과 지루함을 피하려고 깊이 파고들던 글쓰기는 결국 숨겨 두었던 꿈을 세상 밖으로 꺼내는 계기가 되었다. 평범한 주부였던 내가 작가라는 이름을 꿈꾸게 된 배경에는 매일 이어 온 서평과 리뷰 글쓰기가 있었다.

네 번째 장은 글을 쓰며 작가로 성장하는 과정에서 경험한 성취의 순간들을 담았다. 내 재능의 가치를 발견하고 그것을 활용하기 시작하면서, 나는 '작가 글짱'이라는 두 번째 이름을 얻게 되었다.

마지막 장에서는 사람을 피하던 내가 사람 속에서 내일을 계획하게 된 변화의 이야기를 전한다. 함께 책을 읽고 이야기를 나누는 시간 속에서 예측하지 못했던 미래가 조금씩 형태를 갖추기 시작했다. 그 힘으로 나는 지금 이천을 대표하는 독서 모임 리더로 성장하기 위해 노력하고 오래도록 글을 쓰는 작가로 살고 싶다는 새로운 꿈을 품게 되었다.

내 일상을 깨트린 건 바닥난 통장이나 가벼운 지갑이 아니었다. 돈이 문제가 아니라 그 핑계 뒤에 숨어서 아무것도 할 수 없다며 나태함에 수긍한 내 마음이 문제였다. 일상의 변화는 거창하게 시작되지 않았다. '서평단 모집' 단 한 줄의 문장이었다. 인생의 전환점은 갑자기 시작된 계획이고, 거창함보다 사사로움이 더 힘찬 발동을 걸 때 발견되었다.

이 책은 그런 나의 시간을 증명하는 책이다. 서평과 리뷰라는 작은 시작이 매일 오전의 글쓰기로 이어졌다. 그 반복은 평범한 주부였던 나를 작가로 성장시켰고, 나의 아침은 독서 모임 리더로 새로운 문을 열었다.

별것 아닌 작은 행동이

당신의 나태함을 이겨내고

새로운 꿈을 깨우는

시작이 될지도 모르니까.

하루를 채우는

힘의 원천은 결국 나에게 있었다.

내가 손에 쥐고 있는 것들이

삶을 플러스로 만들지

혹은 마이너스로 만들지는

내 결정에 달려 있었다.

목차

chapter 2. 서평과 리뷰, 나를 깨우다

chapter 3. 평일 오전, 글쓰기로 달라지다

chapter 4. 두 번째 이름, 작가

chapter 5 . 오늘의 기록이 내일을 바꾼다

에필로그

chapter 1.
무기력이 만든 결핍

사지 못할 것들

아이들의 아침 등교로 한바탕 전쟁을 치르고 난 뒤 급격하게 가라앉은 거실의 고요는 마치 무기력의 시작을 알리는 경계선 같다. 한 걸음 내딛기가 무섭게 바람 빠진 풍선처럼 몸이 축 늘어진다. 세탁기에 빨래를 넣고, 무선 청소기를 대충 돌리고, 아이들이 먹다 남긴 빵을 입에 물고 거실 매트에 모로 눕는다. 잠깐만 보자고 습관처럼 집어 든 스마트폰에 여지없이 낚인다.

작은 액정 안에는 시선을 잡는 것이 가득하다. 표지가

예쁜 책, 손질이 편리한 헤어 제품, 계절 신발과 옷, 실용성과 무관한 작은 소품까지 블랙홀 같은 장바구니는 아이 것과 내 것을 가리지 않고 물건을 흡입한다.

아이들 등교 후 돌린 세탁기가 띠리링 종료 알람을 울린다. 그러나 나를 매트 밖으로 꺼내기에는 역부족이다.

'하나 있으면 편리할 것 같은데?'

사야 할 이유는 언제나 친절하다. 필요성을 따지기도 전에 제품을 사용하고 있는 내 모습을 연상시킨다. 육아와 살림은 아이템이라는 명쾌한 해답까지 술술 꺼낸다. 반면 가벼운 지갑은 쇼핑하고 난 뒤 다음 월급 때까지 버틸 자신이 있느냐고 압박한다.

스마트폰 속 헤어 스타일링기에서 눈을 떼지 못하고 있다. '살까, 말까'. 리뷰를 누를수록 비슷한 제품이 연

달아 뜬다. 장바구니에 비슷한 물건이 쌓이지만, 결제 버튼은 누를 수가 없다.

"엄마, 나 학교 끝났어."

작은 아이의 전화에 스마트폰 속 쇼핑 화면은 그제야 멈춘다. 허공을 떠다니던 오전이 일상으로 돌아온다. 오전 9시에 등교한 아이가 오후 2시에 하교할 때까지 나는 줄곧 손바닥만 한 화면 안을 맴돌고 있었다. 나는 스마트폰에서 나오지 못한 걸까? 아니면 나오지 않은 걸까?

한숨을 내쉬며 거실을 돌아보니 축축한 빨래가 담겨 있는 세탁기와 아침 설거짓거리가 그대로 쌓여 있는 싱크대, 그리고 멈춰있는 내가 있다.

나는 장바구니 속 물건이 당장 필요했을까? 정말 사고 싶던 물건이 맞았을까?

장바구니에 담긴 물건은 처음부터 사지 못할 물건이거나 살 수도 없는 물건이었을지 모른다. 장바구니 속에 쌓여만 가는 상품들은 나태함에서 벗어나지 못한 나 자신이었겠지.

잠깐 누워 있자는 말이 오전을 통째로 허비하겠다는 말과 다르지 않았다는 것을 적막을 깨는 아이들 사이에서 마주하게 된다.

아무것도 하지 않고 보내는 평일 오전. 스스로 느낄 질책을 피하기 위한 수단이 아이쇼핑이었다. 장바구니 속 쌓여가는 상품들은 무기력하고 게으른 나를 방임하기 위한 핑계에 불과했다.

오후 2시,
소란스럽게 밀려드는 집안일.
휘청이는 버거움은 한숨뿐이다.

가격 앞에서 멈춘 손

어릴 적 나는 디세대 주택에 살았다. 셋집이 다섯 개쯤 줄지어 붙어 있는 구조였다. 이 집이나 저 집이나 살림살이가 비슷했고, 단칸방에 가구 몇 개가 놓인 공간이 전부였다. 그러나 내 책상 위에 놓인 단출한 학용품과 달리 옆집 아이 책상 위에는 색색의 학용품이 자리를 차지하고 있다는 점은 완전히 달랐다.

나는 100원이 생기면 동네 구멍가게로 갔고, 옆집 아이는 학교 앞 문방구로 갔다. 나는 먹거리 중에도 가장 오래 먹을 수 있는 삼색 신호등 사탕을 샀고, 옆집 아이는 먹지도 못하는 손톱만 한 모양 지우개가 여러 개 담긴 세트를 샀다.

"먹지도 못하는 지우개를 왜 사?"

빨간 사탕을 입에 문 채 실용적이지 못하다고 말했지만, 모양 지우개를 요리조리 돌려 보며 즐거워하는 그 아이를 보고 있으면 괜스레 부럽다는 마음이 들었다. 손에 남은 사탕 두 개보다 먹을 수 없는 지우개를 탐내는 건 언제나 나였다.

"사탕이랑 지우개랑 바꿀래?"

나는 남은 사탕 두 개 중 하나를 내밀며 선심 쓰듯 말했지만, 돌아오는 건 대차게 고개를 젓는 그 아이의 거

절이었다.

"그럴 거면 너도 지우개 사지 그랬어."

나는 손에서 조금씩 녹아내리는 사탕을 보며 생각했다. 다음에는 나도 지우개를 살 거라고. 하지만 늘 삼색 신호등 사탕만 손에 쥐었다.

어린 시절 슈퍼를 운영하던 부모님. 그때는 부족함이란 걸 몰랐었다. 어느 날 갑자기 무너진 집안 형편. 아마도 그때부터였을 것이다. 부족하고 결핍된 마음이 시작된 것이. 100원으로 무엇을 사야 하는지 고르는 일이 전보다 오래 걸렸을 때부터였다. 먹는 것을 고르면 갖고 싶은 걸 가질 수 없어 아쉽고, 갖고 싶은 걸 고르면 먹고 싶은 걸 못 먹는 게 두려웠다.

돈이 없을 때 느끼는 조바심은 어른이 되어서도 나아지지 않았고, 물건을 고를 때마다 계산하는 습관이 튀어나와 사지 못하는 물건이 줄줄이 늘었다.

'할인해도 비싼데, 이 옷 사면 몇 번이나 입을까?'

가격에 담긴 가치보다 몇 번이나 입을 것인지, 오래 입을 수 있는 옷인지를 따지는 내 옆에서 같은 가격의 옷을 척척 사는 사람은 실시간 비교 대상이다.

'사치스러워.'
부러움이 얼굴에 드러나지 않도록, 가격표에 적힌 숫자에 주저하는 손이 보이지 않도록 감추는 말은 고작 옹졸한 비난이 전부였다. 가느다란 자존심을 지키는 말은 내면의 욕구는 감추지만, 옷 가게를 나오는 나의 뒷모습은 허탈하기만 했다.

그러고는 격식을 갖춰야 하는 자리가 생기면 입을 옷이 없어 옷장을 수십 번도 더 뒤적인다. 편하게 입는 옷은 가득한데, 꼭 필요한 순간에 꺼낼 옷은 마땅치 않아

전전긍긍한다. 신발장 문을 열었다가 다시 닫는 일도 비슷하다. 평상시 들고 다니는 가방은 있었지만, 특별한 날 들고 나갈 만한 가방은 없었다.

'초라해.'

어른이 되어도 가격표에 흔들리는 마음은, 어린 시절 모양 지우개를 사지 못하고 문구점 앞을 지나치던 때와 다르지 않았다. 멈추지 않고 반복되는 감정에 점점 지친다. 나는 경제적인 사람이라 말하고 싶지만, 현실은 초라함이라는 꼬리표를 떨칠 수가 없다.

인스타그램 속 사람들

흔히들 인스타그램은 누군가의 단면일 뿐이라며 부러워할 필요가 없다고 한다. 나 역시 그 말에 고개를 끄덕인다. 하지만 그 단면조차도 결국은 그 사람 일상의 일부라는 사실이 마음에 남는 건, 숨길 수 없는 상대적 박탈감 때문이다.

특히 내가 꿈꾸는 이상을 현실로 업로드하는 사람들

앞에서는 더 그렇다. 내돈내산, 신간을 인증하는 사람들, 브런치를 즐기며 책을 읽는 사람들, 예쁜 책 표지만큼이나 네일아트가 반짝이는 사람들.

나에게는 큰맘 먹고 몇 번이나 생각하고 결심해야 가능한 일들이 그들에게는 아무렇지도 않게 지나가는 사사로운 일상이 되어 버리는 것 같다.

'가지고 싶다'라는 부러움보다 '왜 나만 없을까?'라는 불만이 짙어진다.

누군가는 인스타그램이 재미있다고 말하지만, 어느 순간부터 나에게는 재미가 아닌 동경의 대상을 훔쳐보는 공간이 되었다. 그들 역시 나와 같은 사십 대에 아이 또한 있다. 나이도 비슷하고, 아이가 있는 것도 닮았는데 그들은 왜 나와 다를까?

이 질문에서 시작된 공허함은 오전 내내 그들의 사진을 살펴보게 만들지만, 욕구를 들여다볼수록 마음은 깨진 독에 물을 붓는 것처럼 더 비어 간다.

'너도 그들처럼 되고 싶지?'

　인스타그램 속 세상. 화려한 광고를 엮어 돈을 요구하기도 한다. 얼마 이상 돈을 입금하면, 인플루언서가 될 수 있다고 끝없이 꼬드긴다. 정신을 차릴 즈음이면 핸드폰 번호를 입력하는 내가 멍청하게 앉아 있다.

'뭘까? 어떻게 다 가질 수 있었을까?'

　타인의 일상을 보며 무심코 튀어나오는 한마디. 그들의 일상이 왜 그렇게 반짝이는지 물어보고 싶지만, 그 질문에 대한 대답은 찾을 수 없다. 화려함에는 진실이 없다는데 나에게는 인스타그램 속 화려함이 유독 진실처럼 보인다.

　나에게는 갖고 싶은 특별한 날이 그들에게는 발에 차이는 흔한 일상이라는 게 심술이 난다. 그들의 사진이 나를 위축 시킨다.

책을 읽고 싶으면 치킨 한 마리를 시키지 않으면 되고, 치킨이 포기가 되지 않는다면 도서관에 가서 읽으면 된다. 뻔히 알면서도 인스타그램 속 사람들에게서 벗어나지 못하는 이유는 뭘까?

책을 읽고 싶은 걸까, 아니면 책과 함께 찍히는 브런치가 탐나는 걸까? 반짝이는 네일아트를 할 수 없어서 억울한 걸까? 나도 독서하는 사람으로 보이고 싶은 걸까?

타인의 일상을 훔쳐보는 오전을 멈출 수 없는 건 가질 수 없다는 부러움이 아니라, 따라가지 못한다는 불안 때문에 잡고 늘어지는 시간일지도 모른다.

어쩌다가 서평으로 남기는 사진에 담기는 책 표지보다 배경이 되는 집 안이 신경 쓰인다. 초라한 책상 위에 널브러져 있는 물건들이 사진에 담길까 봐 치우기 바쁘다. 밋밋한 손톱이 보일까 봐 스티커로 가리기에 급급하다. 서평에 진심을 담는 게 아니라 보이는 풍경에 진심을 담는 나를 마주할 때면 인스타그램 속 그들처럼 살고 싶어 안달인 내가 여지없이 드러난다. 어쩌면 상대적 박탈감은 자기가 만든 그물에 스스로 걸려든 모습에서 나온 말인지도 모른다.

몇만 원에 구겨진 자존심

가지고 있는 돈은 적은데 써야 할 곳은 끝이 없다. 하고 싶은 것이 많은 것도 문제지만, 지갑 사정 때문에 해야 할 것에도 망설여진다. 그런 나를 유독 힘 빠지게 만드는 건 콤플렉스인 짧고 뭉뚝한 손톱이다.

네일아트를 하고 싶지만 단순한 컬러만 해도 1회 관리에 5만 원, 조금만 멋을 부리면 10만 원을 훌쩍 넘는 가격 앞에서 멈춤 버튼만 작동하는 듯하다.

'이건 나를 위한 투자인가? 투자를 핑계 삼은 사치인가?'

팽팽하게 맞서는 갈림길에서 지갑은 늘 아무 말 없이 지퍼를 채운다. 어쩔 수 없이 사치라고 핑계를 대지만 하얗게 일어난 큐티클이 도드라지는 날이면 작은 손동작 하나에도 타인의 시선이 닿을까 봐 움찔한다. 모든 사람이 내 손만 보는 느낌이다.

언젠가 설을 맞이해 오랜만에 친구들과 만나기로 했다. 겨울이면 유독 선명하게 일어나는 내 손톱들. 그대로 모임에 나갈 자신이 없어 셀프 네일을 하기로 했다. 모든 것이 있다는 가게에서 니퍼, 파일, 푸셔, 베이스 젤, 탑코트, 골드 글리터, 카키색 컬러 매니큐어 등 한가득 담아 왔다.

시작은 호기로웠다. 하지만 큐티클 밀어내는 퓨셔부

터 만만치 않았다. 왼손으로 오른손 큐티클을 밀어 올리려니, 왼손이 일을 하는 건지 오른손이 움직이는 건지 알 수 없었다. 니퍼는 더 가관이었다. 조금만 엇나가도 붉은 피가 금세 올라왔다. 컬러를 바르는 일은 거의 온몸을 써야 하는 작업이었다. 바르고 지우기를 몇 번이나 반복했는지 모른다. 네일숍에서는 한 시간이면 끝날 일인데, 나한테는 허리가 굳는 통증을 참아가며 몇 시간 동안 혼자서 처절한 사투를 벌이는 일이나 다름없었다.

'이렇게까지 해야 하나?'

긴 사투 끝에 얻은 결과는 불만족이 아니라 참혹함에 가까웠다. 몇만 원 아끼겠다고 방구석에 쪼그려 앉아 허리와 어깨의 통증을 견디던 청승은 손가락마다 상처만 남겼다. 따지고 보면 셀프 네일을 한다고 쓴 몇만 원이나 네일숍 기본 케어 가격이나 다를 바 없는데, 한심한 선택에 몸살만 앓았다. 물이 닿을 때마다 쓰라린 손

끝에는 짜증과 함께 가여움이 맺혔다.

콤플렉스를 어렵사리 감추고 나간 자리, 친구들은 내 손에 관심이 없다. 서로 사는 이야기를 하느라 바쁘고, 한 잔 들이켜는 술잔이 즐거울 뿐이다.

그 사이에서 나만 친구들의 손을 봤다. 누구의 손에 어떤 컬러가 있는지, 꾸밈이 없는 손은 어쩜 저렇게 정갈한지에만 관심이 쏠렸다.

이날 만난 친구들의 손은 자유롭게 펼쳐져 있고 내 손은 한참 웅크려져 펴지지 않았다. 돈의 굴레에 스스로 빠진 날이다. 몇만 원이 문제가 아니라 타인의 시선에 먼저 주눅 든 자존심이 초래한 일이었다.

그들은 내 손이 못생겼는지, 일회용 밴드를 덕지덕지 붙였는지 눈길조차 주지 않는다. 나만 내 손에 시선을 쏟으며 마음의 생채기를 냈다.

평소라면 눈 한 번 질끈 감으면 끝나는 콤플렉스인데, 몇만 원도 버거운 가벼운 지갑에 눌리는 자존심을 들키지 않으려고 발버둥 칠수록 상처만 깊어졌다.

손가락 상처가 아무는 동안 셀프 네일 도구는 거들떠보지도 않았다. 그러면서 사 놓은 게 아까워 버리지도 못했다. 더는 셀프 네일로 자존심을 숨기려 애쓰지 않지만, 콤플렉스를 벗어난 것은 아니다. 여전히 나는 몇만 원짜리 자존심에 눌려 작아질 때가 많다.

고단함만 남긴 리스트

하고 싶은 것도 많고 해야 할 일도 많은데, 오전 내내 늘어진 몸뚱이는 아이들 등교 후에도 움직일 생각이 없다. 어제와 다르지 않은 오늘 아침도 제자리걸음이다. 아이쇼핑을 하다가 지치면 인스타그램을 탐색하고, 그것마저 흥미가 떨어지면 쇼츠를 보다가 작은아이의 하교 전화에 화들짝 놀라 몸을 일으킨다.

'뭘 했다고 벌써 2시야?'

그제야 거실에서 벗어나 태권도 수업이 끝난 작은아이를 데리러 부리나케 나간다. 따지고 보면 오전 9시부터 오후 2시까지 내가 한 일이라곤 누워서 스마트폰을 만지작거린 게 전부인데, 현관문을 나서는 발걸음은 퇴근할 때보다 더 무겁다.

아직 하루가 반도 지나지 않았는데 하루를 다 보낸 것처럼 피곤하다. 한 것도 없이 누적되는 피로감은 하교한 아이를 마주하는 화장기 없는 얼굴에 그대로 드러난다.

'내일은 진짜 오전에 미리 좀 하자.'

오전 내내 늘어져 있던 대가로 정신없는 오후를 맞이하면서 같은 말을 반복한다. '제발 내일은 누워 있지 말자.' 반성만 거듭하던 어느 날, 내가 하고 싶은 것과 해야 하는 것을 나눠 리스트를 적어 보기로 했다.

적기만 해도 어제와는 다른 내일을 보낼 수 있을 것 같은 기대감도 생긴다.

1. 내일 내가 해야 하는 것
- 아침 먹은 그릇 바로 설거지하기
- 방 청소
- 화장실 청소
- 분리수거
- 미리 시장 보기

2. 내일 내가 하고 싶은 것
- 책 읽기
- 문화센터 일정 확인 및 등록
- 홈트레이닝
- 브런치 카페에서 시간 보내기

내가 해야 할 일은 가사와 육아, 그 외 가정을 꾸리는 일이다. 주부로서 챙겨야 하는 리스트가 늘어날수록 피로감은 증가할지언정 돈 쓰는 데 망설임은 없다. 우리 가정을 위해 쓰는 돈이라는 명백한 이유가 있기 때문이다.

반면 내가 하고 싶은 리스트가 길어질수록 머리는 계산기를 두드리느라 바쁘다. 엄마나 주부로서가 아닌 온전히 나를 위해 쓰는 돈에 대한 합당한 이유를 찾는 머리는 늘 분주하다.

'해도 될까?'

머릿속에는 해야 하는 이유가 아니라 멈춰야 하는 이유가 떠오른다. 시작도 하기 전에 돈 걱정에 마음이 불편하다. 문화센터에 등록하고 못 가면 어쩌나, 홈트레이닝 도구를 사 놓기만 하면 안 되는데, 브런치 가격 1만 5,000원이면 한 끼 저녁 찬거리인데…. 시도해 보기도 전에 결산에서 끝난다.

나를 위한 리스트에는 늘 허락이 필요하다. 가정을 위한 지출은 당연하지만, 나를 위한 소비에는 정당한 이유가 따라야 한다. 그렇게 스스로 만든 기준에 막혀 외출을 미루고, 하고 싶은 일은 다시 다음으로 넘어간다. 오늘 오전도 또 어제와 비슷한 모습으로 흘러간다.

리스트를 적는 것만으로도 달라질까 기대했는데, 오히려 기분만 상했다. 고민은 길어지고, 실행은 뒷걸음이다. 해야 할 일만 분명하고, 하고 싶은 일은 막연하다. 고민은 고심으로, 고심은 고욕으로, 그리고 다시 고단함으로 바뀌었다. 그나마 남아있던 티끌 같은 의욕마저 사라진다.

스마트폰 좀 그만해

어제도 그랬고 오늘도 그랬다. 띠리릭 현관문 닫히는 소리가 마치 누워 쉬라는 신호처럼 들린다. 아이들이 나간 뒤 혼자 남은 거실에는 금세 적막이 감돈다. 그 적막은 해야 할 일을 재촉하기보다 잠깐 쉬는 것도 괜찮다고 등을 떠민다. 이미 손가락은 별생각 없이 스마트폰 화면을 터치한다.

아차!

가까스로 스마트폰에서 빠져나와 시계를 보니, 이미 오전은 저만치 흘러가고 뒷모습만 남아 있다.

현관문을 닫을 때만 해도 곧바로 하겠다던 마음은 형태를 잃고, 싱크대에는 설거짓거리가 거실에는 굴러다니는 장난감이 가득하다. 게으르게 널브러져 있는 몸을 움직이기보다는 억울하다는 말이 먼저 나온다.

'한 것도 없는데 시간은 왜 이렇게 빨리 가는 거야?'

뒤도 안 돌아보고 흘러간 시간이 야속한 건지, 오전 내내 아무것도 하지 않고 누워 있던 내가 한심한 건지 알 수 없어 화가 치밀어 오른다.

"간식을 먹었으면 싱크대에 가져다 놔야지!"

억눌러지지 않는 감정은 가장 가까운 곳으로 향하고, 하교한 아이들에게 쏘아붙인 잔소리는 곧 후회로 돌아온다. 나태하게 누워 있던 내가 할 말은 아니라는 양심의 소리가 마음을 비집고 나와 발밑으로 무겁게 떨어진다. 마음에도 없는 말은 아이들의 마음을 상하게 하고, 동시에 내 기분을 더 깊이 가라앉힌다.

'애들 학교 가면 눕지 말고 진짜 하자.'

생기 없는 얼굴로 스스로 되뇌는 이 말은 매일 아침 반복된다. 지켜지지 않을 걸 알면서도 습관처럼 꺼내는 다짐이다. 거실에만 있으면 똑같은 오전을 보낼 것이 뻔해 일단 밖으로 나가기로 했다. 맨얼굴로도 갈 수 있는 곳을 향해 천천히 걸었다.

도서관에 들러 책을 대출했다. 공원에 앉아서 책을 읽었다. 햇살이 주는 평온함이 거실에 깔린 적막보다는 나았다.

'오늘은 좀 달라지는 기분이네.'

하지만 잠깐이었다. 얼마 지나지 않아 스마트폰을 검색하고 있었다. 책 읽기가 좋다던 나는 책장은 몇 장 넘기지도 못하고 스마트폰 화면을 들여다 보는 사람이 되었다. 결국 쇼츠 몇 개를 보고 집으로 돌아왔다.

내가 보내는 오전은 살아간다기보다 흘러간다는 표현이 더 가깝다. 마음은 늘 '해야지'를 말하는데 행동은 '나중에 할게.'에서 꼼짝하지 않는다. 무엇이 문제일까? 의지가 부족해서일까? 해야만 하는 상황이 벌어져야만 하는 사람인 걸까?

"스마트폰 좀 그만해!"

어수선한 거실에서 각자 스마트폰에 빠져 키득거리는 아이들을 향해 던진 말이지만, 나에게 하는 비난처럼 들린다. 아이들의 스마트폰 사용에는 관대하지 못하면서 나에게는 한없이 관대해지는 모순에 말을 뱉은 내 입이 쓰다.

아무것도 하지 않고 보내는 오전을 멈추고 싶다.

게으르고 나태한 엄마보다 오전 동안 부지런히 집을 정리하고, 혼자만의 시간에는 조용히 내면을 채우며, 오후에는 온화한 얼굴로 아이들을 맞이하는 엄마가 되고 싶다.

작은 바람이 희망 사항으로만 남지 않았으면 좋겠다. 스마트폰을 놓지 못하는 나의 태도에 내 마음이 흔들리지 않았으면 좋겠다. 내일은 오늘과 다른 오전을 맞이하면 얼마나 좋을까.

chapter 2.
서평과 리뷰, 나를 깨우다

문제는 통장 잔고가 아니었다

학원비, 공과금, 주택담보대출, 보험료 등 기본 생활을 유지하기 위한 것은 돈이 없다 없다 해도 이리저리 꾸려 나가게 된다. 반면 미용실, 네일아트, 책 구매, 커피 한 잔 등 나만을 위한 것은 돈이 없어서 하지 못하는 일로 단정 짓기가 먼저다. 바닥이 보이는 통장 잔고 때문에 하고 싶은 것을 내려놓아야 하는 주부라는 게 자주 서럽다.

처음 시작은 '서평단 모집' 다섯 글자였다. 계획 없이 끌린 문장에 신청 버튼을 누르기까지 3초가 걸리지 않았다. 궁한 지갑 대신 무료로 책 읽는 기쁨을 건네는 손길이 다정했다. 아이들을 학교에 보내고 난 뒤, 조용한 집 안에서 읽는 책은 어느 때보다 잔잔하지만 깊었다. 밑줄을 긋는 문장들은 아무 방해 없이 내 안으로 들어왔다.

택배가 도착했다는 문자를 받을 때부터 설렌다. 가끔 책 표지만 보고 신청한 책은 그 내용이 궁금해 더 빨리 택배를 뜯어 보고 싶다. 이 기분은 책을 읽는 것과는 또 다른 엔도르핀이 된다. 돈이 없어서 책을 못 읽는다고 말하는 그때의 나라면 절대 느낄 수 없는 희열이다.

책을 읽고 서평을 남기는 시간에 나는 문학소녀가 된다. 발췌한 문장에서 내면의 나를 보는 일이 가끔은 쑥스럽고, 가끔은 애잔하고, 가끔은 씩씩하다. 가만히 거울을 들여다볼 때는 좀처럼 알 수 없는 마음이 문장으로 남겨질 때면 아팠던 기억도, 꺼내기 싫어 숨겨둔 치부도 괜찮아진다.

서평은 얼마 남지 않은 통장 잔고 때문에 서럽다고 느끼던 나의 눈가에 맺힌 눈물을 가만히 닦아 주었다.

'서평단'이라는 작은 시작은 '동네 체험단'이라는 새로운 경험으로 나를 이끌었다.

동네 체험은 용기가 필요한 도전이었다. 신청 버튼을 누르기까지 3초가 걸리지 않았지만, 용기를 내길 잘했다는 마음에는 변함이 없다. 체험단의 첫 단계는 어색함을 이겨내는 일이었다. 처음 보는 사람에게 체험단이라고 말하는 건 얼굴이 빨개지는 일이었다. 하지만 그 순간이 지나면 돈 때문에 하지 못해 얼룩졌던 마음이 씻기고 돈 이상의 가치를 알려 주었다.

예뻐지기 싫어하는 여자가 있을까? 주부이지만 엄마

이지만, 나는 여자로 예뻐지고 싶었다. 그런 점에서 뷰티 체험은 외모를 가꾸는 도구로 활약했다. 사진 편집에 신경을 두 배로 써야 하고, 체험 전후의 확실한 차이를 위해 민낯을 과감하게 드러내는 용기가 필요했지만, 그 과정에서 편집 기술을 배웠다. 잦은 노출로 단련된 맷집은 나를 내보이는 일에 익숙해질수록 자신감을 더해 주었다.

'오늘은 어떤 피부 관리를 받을까?'

체험 방문 전에 들뜨는 마음은 주부가 아닌 여자로서 받는 피부 관리에서 만족도가 가장 높았다. 원장님마다 달라지는 관리 기술은 피부에서 견갑하근으로, 승모근에서 데콜테로 다양하게 나를 예쁘게 했다. 관리가 끝나고 깨끗해진 피부를 보면 하루 종일 기분이 좋았다. 가벼워진 어깨에 피로감이 사라지고, 선명해진 쇄골 라인에 괜스레 자신감이 붙었다. 체험단으로 달라진 일상은 돈 때문에 주눅 들던 주부를 지우고 미뤄두었던 여자로서의 일상을 다시 깨워 주었다.

 나는 돈이 없어 아무것도 못 하는 게 아니었다. '돈이 없다'라는 말을 붙들고 스스로 아무것도 하지 않으려 했던 것이었다. 이제 나는 평일 오전이면 잠시 주부를 내려놓고 다시 여자로 돌아간다. 그 안에서 나를 가꾸고 다듬어 엄마이자 주부로서 사용할 에너지를 가득 채운다.

서평, 돈으로 살 수 없는 선물

도서관 대출과 반납으로 끝나는 책이 아쉬웠다. 표지가 예뻐서 가지고 싶고, 작가 마인드가 좋아서 가지고 싶고, 발췌할 문장이 많아서 가지고 싶다는 욕심은 끝이 없었다. 특히 읽고 싶은 책을 대출하지 못하고 돌아서는 날에는 책을 사지 못하는 마음에 빈정이 상하기도 했다.

도서관 대출은 책을 소유하고 싶다는 욕구를 채우기에 걸림돌이 많았고, 부지런하지 않은 나에게 유난히 제약이 심한 것처럼 느껴졌다.

'공감으로 위로받고 싶어 서평 신청합니다.'

내 책장에 내가 읽고 싶은 책과 갖고 싶은 책이 꽂히기까지 필요한 말은 단 몇 줄이었다. 서평단이라는 기회를 잡는 데 걸린 시간도 3초였다. 블로그를 개설하고 포스팅을 열 개 올리는 데는 일주일이면 충분했다. 하지만 잡동사니 같은 내 블로그로 욕심나는 책에 서평을 신청하면 실제 당첨은 열 번 중 한두 번에 그쳤다. 유명 출판사의 서평은 대부분 지원에서 끝났다.

어쩌다가 당첨되는 책으로 평일 오전을 충족시키는 건 어려웠다. 읽을 책이 없는 날이면 다시 거실 매트에 몸을 뉘었다. 지루함이 또 시작됐다.

책을 더 많이 받고 싶어졌다. 특별한 무언가가 필요했다.

그러다가 도서 인플루언서가 있다는 걸 알게 되었다. 나도 인플루언서가 되어 출판사로부터 러브콜을 받고 싶었다. 그들이 어떻게 책을 소개하는지 알고 싶었다. 그리고 몇 번 검색해 보지 않아도 차이가 분명했다. 도서 인플루언서의 블로그는 한눈에도 정갈했고, 독서가라는 이미지가 분명했다. 정신없고 허술한 내 블로그와는 확연히 달랐다. 나라도 이미지가 분명한 블로거에게 서평 기회를 주고 싶을 것이다.

도서 인플루언서 도전은 멀고도 험했다. 주어진 조건은 까다로웠고, 내가 가진 능력으로 맞추기에는 여간 어려운 일이 아니었다. 서평을 하는 건지 작품을 만드는 건지 오묘한 경계선에 넋이 나갔다. 책을 읽기도 전에 어떤 스타일의 서평을 만들지 고민됐다. 서평이 점점 재미가 없어졌다. 결국 인플루언서를 포기했다.

'나만의 스타일을 찾자!'

나만의 독서 스타일을 만들기로 했다. 책 표지를 찍고 발췌한 문장을 사진 위에 올려 편집했다. 나만의 북카드를 만들었다. 그러나 나만의 스타일을 발견했다는 성취감도 잠시, 알록달록한 북카드가 오히려 집중력을 흩트렸다. 북카드는 실패작이었다.

몇 번의 시도 끝에 깨달았다. 발췌 문장이 주는 날것 그대로가 눈의 피로를 덜어 주고, 직접 읽는 것이 집중력을 극대화했다. 화려함 대신 단순함, 인플루언서 대신 성실한 블로거로 나만의 스타일을 정했다. 내가 정한 범위 내에서 스트레스를 걷어 낸 서평은 다시 재미있어졌다. 기분이 달라지니 서평도 책 위주로 안정을 찾았다.

2022년 11월 9일 『하고 싶은 대로 살아도 괜찮아』로 시작된 서평 쓰기는 2024년에 도서 100권 읽기 챌린지로 끝났다. 하루 30분, 일주일에 두 편씩 완성하는 서평은 어느새 닷새의 오전을 채우는 루틴으로 자연스럽게 자리했다.

1년에 평균 60권을 지원받은 책들이 3년 동안 거실 한쪽 벽을 가득 채웠다. 다채로운 컬러로 책장에 꽂힌 책만 봐도 기분이 좋다. 출판사별로 정리된 책장에서 풍기는 전문 서재 같은 분위기는 혼자만의 만족이지만, 괜스레 어깨가 으쓱해진다. 택배 상자를 뜯으며 맡았던 종이 냄새와 첫 장을 넘기던 손끝의 감각을 떠올리면 언제나 입꼬리가 올라간다.

나에게 서평 도서는 무료 책이 아니라, 나만의 스타일을 가진 독서가로 만든 시간의 증거다. 빈 지갑을 탓하며 허탈함으로 도서관에서 돌아선 걸음을 멈추지 않았을 때 돈으로 살 수 없던 책장을 선물로 받을 수 있었다.

체험단, 기회의 버튼

"안녕하세요. ○요일 ○시에 방문 예정인 리뷰어입니
다."

'리뷰어'라는 단어를 쓰는 손이 쑥스럽다. 처음 방문
문자를 보낼 때는 업체 사장님을 마주 보고 있는 것도
아닌데 괜히 어색해서 오그라드는 손을 감출 수 없었
다. 첫 만남에 붉어지는 얼굴은 '공짜'라는 편견이 마음을 소극적으로 만들었다. 무엇을 써야 하는지 나도 모르고, 무엇을 제공해야 하는지 업체도 모를 때면 체험 후 리뷰는 넘지 못하는 허들처럼 걸렸다.

 몇 번의 체험을 통해 깨달은 것은 방문해서 사진 찍는 게 문제가 아니라 남겨질 기록이 문제라는 것이었다. 공짜라는 개념에서 스스로 벗어나야 했고, 업체만의 매력을 보여주는 정보 전달자가 되어야 했다.

 "사장님, 특별히 강조하고 싶은 메뉴가 있나요?"

 걸려 넘어지는 허들을 먼저 없앴다. 사진보다 질문에 중심을 뒀다. 마치 기자처럼 정보를 수집했다. 이왕이면 그곳에서 선호하는 메뉴를 전달하고 싶었다. 마음이 통했다. 업체 사장님도 체험단 리뷰어가 어색하기는 마찬가지였다. 그렇게 차츰 어색함은 익숙함이 되었고, 공짜라는 개념에서 벗어났다.

체험에 자신감이 생기면서 카페 나들이는 점차 본격적인 체험단 모델로 발전했다. 손이 큐티클에 몸살을 앓을 때는 네일아트로, 뿌리 염색을 하지 못해 머리에 경계가 생길 때는 헤어숍으로 발걸음을 옮겼다. 돈 앞에서 작아지던 주부가 여자로서의 흠집을 감수해야 했던 이유가 사라졌다. 지퍼를 채운 지갑에 매달리지 않는 것만으로도 외출 부담이 반 이상 줄었다.

다양한 체험이 가득한 플랫폼은 생소함에서 친숙함으로 바뀌었다. 평소 알지 못하고 지나쳤던 음식을 먹어 볼 기회도 자주 생겼다. 그중에도 미국식 수제버거를 직접 만들어 먹는 텍사스 바비큐는 어쩌면 평생 먹을 일 없을 음식이었다. 소고기와 돼지고기 특수 부위를 훈연해 굽고, 각종 채소를 곁들여 먹는 맛은 서부에 가 본 적은 없지만 그곳에서 먹는 느낌이 강하게 전해졌다. 텍사스 바비큐는 맛을 넘어 나에게 새로운 정보가 되었다. 그렇게 지식의 확장은 경험에서 빛났다.

뷰티 체험은 미모의 변화를 즉각적으로 확인할 수 있다. 뷰티 체험 중 내가 단연 손에 꼽는 것이 있다면 바로 속눈썹 펌이다.

'속눈썹에 무슨 돈을 써?'

경험하기 전에는 속눈썹 펌에 대해 무지했다. 속눈썹 펌의 장점을 모르던 나의 세 치 혀를 때려 주고 싶을 만큼, 한 올 한 올 정돈된 속눈썹은 눈매를 바꾸었다. 또렷한 눈매는 예쁨을 넘어 매서운 느낌의 눈을 선한 인상으로 바꿔주었다. 화장기 없이도 존재감이 확실한 눈매 덕분에 립스틱만 발라도 메이크업이 완성됐다.

일상이 바빠서 꾸밀 시간이 없는 것과 돈이 없어서 꾸밈을 외면하는 것은 완전히 다른 문제였다. 바쁘다는 말은 허울이라도 좋지만, 돈이 없어서 못 한다는 말은 자존심을 후줄근하게 했다.

때로는 꾸밈없는 모습이 부끄럽기도 했다. 그런 나에게 체험단 신청 버튼은 미지의 세계로 연결해 준 징검다리였다. 경험으로 피부에 닿았을 때 내 것이 되는 지식은 재미를 넘어 매력적이다. 알지 못할 때는 닫고 있던 입이었는데, 정보 기록자가 되고 나서는 조잘거리는 음색에 실리는 무게가 달라졌다. 경험을 바탕으로 얻은 정보는 후줄근했던 자존심을 화사하게 업그레이드해 주었다.

용기로 누른 체험단 버튼은 손에 움켜쥔 기회이자, 나를 다양한 경험을 담아내는 정보 기록자로 발전시켜 준 지식의 버튼이기도 했다.

미안함이 사라진 하루

넉넉한 지갑만 있다면 외식은 언제나 즐겁다. 주부가 된 후로는 내가 하는 밥만 아니면 뭐든 맛있는 게 외식이다. 아이들도 늘 비슷한 엄마 밥보다는 먹거리가 다양한 외식을 좋아한다. 물론 돈이 있을 때만 가능한 일이다. 돈이 부족할 때 외식은 사치일 뿐이다. 몸은 식당 안에 있지만, 마음은 식당 밖을 서성이는 기분이다.

지갑이 가벼운 날의 외식은 고기 주문만으로도 버겁기에, 큰아이가 사이드 메뉴를 고를 때면 '다 먹을 거 아니면 다음에 먹자'라는 말이 먼저 튀어나왔다. 냉면, 된장찌개, 계란찜 등을 시킬 돈으로 고기를 더 먹자는 엄마 고집으로 끝나는 외식은 아이들에게 포만감만 남길 뿐 재미는 빼앗았다.

"냉면 한 그릇 시킬걸."

　돼지갈비랑 냉면을 함께 먹고 싶은 아이에게 다 먹지 못할 것 같다는 이유로 주문을 말렸던 마음이 침대 머리맡까지 쫓아왔다. 어실프게 잠든 밤, 다음 날 아침 체험단으로 먹을 브런치가 벌써 명치 끝에 매달린 기분이었다. 나만 호사를 누리는 것 같은 불편함은 이내 체기가 되어 돌아왔다.

　아이들의 밥상이 눈에 걸리는 날이 늘어나자 더는 혼자 하는 식사가 즐겁지 않았다. 명치 끝에 매달린 호사는 여전히 소화불량 상태였다. 그래서 오전에 불편한 감정을 안고 다니던 맛집 체험단을 저녁 가족 외식으로 바꿔 보기로 했다. 혹시 공짜 밥이라는 생각에 아이들이 눈칫밥을 먹지는 않을까 망설이기도 했다. 하지만 추가 비용은 리뷰어 부담이라는 조건에 기대어 그 불안을 이겨 보기로 했다.

"○○월 ○○일에 4인 방문 예정입니다. 추가 비용은 현장에서 결제하겠습니다."

보통은 2인 식사 체험이 기준이지만 도전처럼 4인을 예약했다. 예상과 달리 결과는 환대였다. 나만의 느낌일지 모르겠지만 업체는 지원금 외 본인 부담 금액을 선호하는 눈치였다. 일반 손님과 다르지 않게 맞이해 주는 업체 덕분에 가족 외식 첫 체험은 불편함 없이 만족스러웠다.

이후 가족 외식 체험단에서 발생할 불편함을 없애는

방법을 새록새록 구축했다. 식당에 도착하면 먼저 혼자 사진을 찍은 뒤 자리를 잡았다. 아이들도 엄마가 사진 찍을 동안 뻘쭘하게 기다리지 않고 바로 식사하니 평소 외식과 다르지 않게 행동했다. 이전에는 사치였던 저녁 외식이 체험단을 통해 부담을 반으로 줄였다. 외식의 즐거움이 다시 살아났다.

"엄마, 여기 갈비 엄청 부드러운데 물냉이랑 먹으니까 더 맛있어. 물냉 언급 필수."

다양한 식당을 방문하다 보니 아이들도 엄마 못지않은 작은 평가단이 되었다. 젓가락질을 오래 하면 내 돈 주고 다시 올 맛집이고, 메뉴 추가 없이 일찍 수저를 내려놓으면 두 번은 방문하지 않을 곳이었다. 내 입맛으로만 남던 맛집 정보에 이제 아이들의 의견까지 더해졌다. 거기에 일정 지원금으로 가게 부담을 줄인 지갑은 추가 메뉴에도 호기롭다. 포만감만 채우던 식사는 각양각색의 사이드 메뉴를 더해 풍족해졌다.

리뷰에도 가속도가 붙었다. '가족 외식 장소 추천'이라는 타이틀은 하나의 정보가 되었다. 아이들이 전해주는 진솔한 평가는 정보 전달에 적절한 조미료가 되어 글에 감칠맛을 더했다. 내가 먹는 음식은 리뷰로 지불하고, 아이들이 먹는 음식에는 내 돈을 쓰니 눈칫밥이라는 위축도 없다. 배불리 잘 먹고 식당을 나서는 발걸음은 식당을 들어설 때보다 한결 가볍다.

가벼운 지갑을 들고 들어서는 식당에서 사이드 메뉴 대신 고기를 먹자는 엄마의 고집이 멈췄다. 8,000원짜리 냉면 한 그릇이 뭐라고, 그것 하나 사 주지 못해 미안함이 침대까지 따라오던 밤이 사라졌다. 가족과 함께 맛있게 먹는 동안 명치 끝에 걸려 있던 브런치가 속 시원하게 소화됐다.

나를 바꾼 393g

서평 쓰기를 위해 독서를 시작하기 전의 내가 잿빛 회색이라면, 책을 읽고 난 후의 나는 알록달록 무지개색이다. 외·내적으로 달라진 느낌이 상대에게서 말로 전해질 때 대비는 더 선명해졌다.

책을 읽기 전의 나는 쉽게 가시를 세우는 고슴도치였다. 작은 것에도 예민하게 반응했고, 작은 말에도 쉽게 휘둘렸다. 나와 다른 생각에는 분노가 앞섰고, 조언조차 비난처럼 들렸다. 칭찬하는 말에는 가식이라는 의심이 먼저 들었다. 내 시선에는 분노와 짜증이 가득했다.

"화가 많으시네요."

신입 사원 환영회 회식에서 다른 부서 직원에게 들은 말은 충격적이었다. 나에 대해 뭘 안다고 저런 말을 하느냐고 노발대발했다.

상대는 "거 봐요, 화 많잖아요"라며 농담하듯 말했지만, 종지 그릇 같은 내 감정은 그 신입 사원이 퇴사할 때까지 풀리지 않았다.

타인의 말 한마디에 쉽게 흐트러지는 감정 때문에 학부모 모임에서도 잘 어울리지 못했다. 모임이 끝나면 나에 관한 말이 아님에도 귀에 맴도는 말을 곱씹다가 기분이 상했다. 아이들 교육 때문에 정보를 얻으러 나가는 자리인데, 정작 나에게 남는 건 의미 없는 말이 전부였다. 불편만 남기는 학부모 모임에 더는 참여할 수 없었다.

정보를 얻을 곳이 책밖에 없었다. 때마침 서평단 지원도 슬슬 반응이 보일 때라 사람에게 치이지 말자는 마음으로 독서에 더 파고들었다. 혼자 독서하다 보면 대화 중 귀에 거슬리는 말이 없다는 것만으로도 예민함이 한결 가라앉았다. 육아서로 시작한 서평은 아포리즘, 격언, 필사, 에세이로 장르가 점점 확장되었다. 각기 다른 저자들의 생각을 따라가며 '타인의 생각을 읽는 법'을 배웠다. 꾸준히 읽기 시작한 책은 멈추지 않는 화수분처럼 내 감정의 다양한 결을 마주하게 했다.

'그럴 수 있겠구나!'

어느 날부터 상대의 말이 별스럽지 않게 들렸다. 귀를 넘지 못하는 말이 힘없이 바닥으로 우수수 떨어졌다. 곱씹을 말이 없어지니 상대가 나와 다른 생각을 한다는 이유로 화가 나지 않았다. 생각과 감정이 다를 수 있는 사실을 수용하게 되면서 나도 모르는 사이에 이해의 폭이 넓어졌다.

이후로도 책은 한지에 먹물이 번지듯 다정함과 온화함으로 나를 서서히 물들였다. 습관처럼 구기던 이마의 내 천(川) 자가 옅어지고, 매섭게 치켜뜨던 눈이 평행선을 그렸다. 마음은 차가운 파랑에서 따뜻한 노란색으로 옮겨 갔다. 옹졸함도 너그러움으로 서서히 녹아내렸다.

더는 내 감정을 상대에게 쏟아내지 않는다. 오래도록 풀어내지 못하는 감정 때문에 끙끙 앓지도 않는다. 회복되지 않는 기분을 붙잡고 늘어지는 대신 책을 펼친다. 몇 문장이면 내 감정도 차분하게 제자리를 찾으리란 걸 이제는 안다.

지천으로 깔려 있던 짜증이 수시로 실소가 터지는 사소한 웃음으로 변했다. 작은 것에도 가시를 세우던 내

모습이 흐려지면서 지적은 사라지고 대신 성격 좋다는
칭찬이 들려왔다.

이런 변화는 거창한 사건에서 시작된 것이 아니었다.
인생을 뒤흔드는 충격적인 일을 겪은 것도 아니고, 단
번에 사람이 달라질 만큼 큰 계기가 있었던 것도 아니
었다.

그저 책 한 권이었다.

손에 들고 몇 시간을 읽으면 끝나는 393g짜리 책 한
권. 숫자로 보면 한없이 가벼운 무게일지 몰라도 어제
와 다른 나로 바꿔 놓을 때 결코 가벼울 수 없는 무게였
다.

일상을 지키는 스케줄러

서평을 쓸 책은 책상에 쌓여 가는데 읽을 틈이 없다. 아이들이 학교에 있는 동안 읽자던 책은 늦은 밤에 졸린 눈을 비비고 읽어야 하는 숙제가 되었다. 저자가 주는 메시지를 파악할 겨를도 없이 후루룩 책장만 넘기기 바쁘다. 남는 게 없는 독서는 새벽 2시까지 노트북을 잡고 있어도 서평이 완성되지 않는다.

"서평이 늦었습니다. 죄송합니다."

새벽잠을 설치며 글을 써도 이 한 문장을 피할 수 없었다. 마감을 지키지 못해 깨진 신뢰는 서평을 읽기도 전에 내 글을 깎아내렸다. 완독 없이 눈치껏 남긴 서평은 질이 떨어졌다.

개학 전날 밀린 일기를 쓰듯 써내는 서평에는 남길만한 문장이 없었다. 멍한 눈으로 읽는 책은 글자의 나열일 뿐이었다. 욕심에 비해 맥락 없이 무너지는 서평은 진짜 읽고 싶었던 책에 신청 댓글 달기를 주저하게 되었다. 기간 내 서평을 완료하지 못한 출판사에는 한동안 좋은 책이 나와도 눈으로만 봐야 했다. 약속이 깨지는 순간 책장은 빈칸이 되었다.

"얼마나 더 연장하고 싶으신데요?"

리뷰 연장 신청은 거의 사정에 가깝다. 문자를 보낼 때부터 죄인 모드다. 업체의 승인 없는 기간 연장은 페널티가 되고 체험 기회에 지장을 주기 때문에 기간 내 리뷰가 매우 중요하다. 업체의 승인을 겨우 얻어 낸 답장에 붉어진 내 얼굴에는 창피함이 그대로 드러난다.

하루, 이틀 밀리는 서평과 리뷰를 붙잡고 있는 시간이 길어지자, 엄마 역할이 흔들렸다. 늦은 밤까지 노트북과 씨름하다가 맞이한 아침은 정신을 차릴 수 없이 분주하다. 아이들 아침만 겨우 차려주고 글을 쓰고, 세탁기 돌려놓고 글을 쓰고. 역할에도 우선순위가 완전히 망가졌다.

나중에는 엄마인지, 리뷰어인지, 독서가인지 경계 없는 일상의 혼돈에 멀미가 났다.

몇 날 며칠 씨름하던 노트북에서 겨우 손을 뗐다 싶었다. 이제 좀 쉴까 했는데, 엄마 역할에 충실하지 못한 구멍이 작은아이의 일상에서 드러났다.

"엄마, 오늘 준비물이 줄넘기였는데 나만 안 가져갔

어."

하교하는 작은아이의 붉으락푸르락한 얼굴과 눈가에
고인 눈물에서 속상한 마음이 그대로 드러났다. 다른
것도 아니고 건조대 위에 줄곧 있는 줄넘기를 챙겨 보
내지 못한 실수가 지금 내가 하는 모든 것에 대해 '엄마
자격 없음'을 말하는 것 같아 마음이 소용돌이쳤다.

무엇을 위해 애도 못 챙기고 잠도 못 자나 싶은 생각
에 마음이 와르르 무너졌다. 돈 때문에 힘들어서 일상
의 안정을 찾고자 시작한 일인데 일상이 흔들리니 무료
라는 메리트는 활기가 아닌 냉소가 됐다.

결국 서평과 체험을 멈췄다. 잠시 엄마 역할이 제자리
를 잡는 듯 보였다. 하지만 얼마 지나지 않아 무기력이
기다렸다는 듯 슬그머니 찾아왔고, 나태한 엄마는 다시
스마트폰에 빠졌다. 엄마로도 여자로도, 어떤 역할도
제자리로 돌아오지 않았다.

나태한 오전이 이어질수록 균형이 깨진 일상에 서평과 체험이 문제가 아니라는 생각이 스쳤다. 서평과 리뷰가 없는 일상에도 구멍은 숭숭 뚫렸다. 거기에 여자로서 누리던 오전이 멈추자 다시 가질 수 없게 될까 봐 조급해졌다.

서평과 체험을 다시 시작하기로 했다. 이번에는 무작정 하는 것이 아니라 기준을 세우기로 했다. 평일 외출은 두 번, 체험은 우리 동네에서만, 책은 읽고 싶은 책만 신청하는 것으로 일상이 흐트러지지 않도록 할 수 있는 만큼만 하기로 기준을 정했다.

엄마 역할을 침범하지 않도록, 책상에 책이 쌓이지 않도록, 우리 집에서 30분 거리 이내로 분명하게 경계선을 만들었다. 그리고 사소한 것도 잊지 않도록 화이트보드 세트를 구매해 책상 위에 올려 두었다. 그런 다음 스케줄러를 작성했다.

첫 시작은 어수선함을 벗어나지 못했지만, 줄이고 챙기는 시간이 반복되면서 일정한 패턴이 만들어졌다. 잘 정리된 일정은 엄마, 독서가, 리뷰어 역할에 우선순위를 확실히 구분했다.

덕분에 정해진 마감 날짜에 서평을 완료하는 것은 물론, 비어 있던 책장도 점점 채워졌다. 체면 구기는 마감 연장 사정 따위는 더는 없었다. 아이의 일상을 지켜주는 엄마도 제자리로 돌아왔다.

엄마와 여자인 나를 분리하는 일정 관리는 능력이 아니라 일상을 지키는 기술이었다. 그 기술로 허덕이던 숨이 차분해지고, 활기는 되찾아졌고, 평일 오전은 다시 태엽을 돌려 움직였다.

브런치와 노트북

현관 앞에 도서가 택배로 도착할 때 설레는 기분이 좋다. 체험으로 달라지는 스타일 변신은 즐거움 한도 초과다. 반짝이는 마음은 당장이라도 서평을 쓸 것 같고, 체험으로 얻은 만족을 당장이라도 유익한 정보로 전달할 수 있을 것 같다. 하지만 생각과 달리 타이핑은 좀처럼 속도를 내지 못한다.

'빨래 개야지!'

'애들 간식 챙겨야지.'

'먹을 게 없네, 시장 가야겠다.'

주부로서 해야 할 집안일, 엄마의 손길이 필요한 아이들, 겨우 책상 앞에 앉으면 이미 밤이 침대 머리맡에 와 있다.

'내일은 꼭 써야 하는데.'

며칠째 되뇌는 말에는 여유 대신 막막함만 가득하다. 책상을 벗어나지 못한 밀린 책이 내 손가락만 기다린다. 책장을 덮을 때 식어버린 감정을 되살리려 애쓰지만, 움직이지 않는 손가락은 서평에 감정을 싣는 게 아닌 설명에 그치고 만다. 촉박한 마감 앞에서 남기는 글은 늘 다급하고, 마지막 문장은 막다른 골목을 돌고 돈다.

감성 빠진 메마른 서평은 바사삭 건조하기만 하다.

그나마 서평은 밑줄 친 문장이 있어서 블로그에 글자 수 채우기가 가능하지만, 체험 후 리뷰는 그때그때 정보를 수집하지 않으면 고역에 가깝다.

'이 조리법이 뭐라고 했지?'
'이 관리법의 효과가 뭐더라?'

기억에만 의존하면 정확도가 떨어지고, 업체가 제공한 정보만으로는 한계가 있다. 어설픈 글에 대한 거듭되는 수정 요청은 거대한 소용돌이였다.

주부로서의 일상도 놓칠 수 없고, 독서가로서 서평도 밀리면 안 되고, 체험단 리뷰에 정보도 담아야 했다. 역할이 뒤섞인 하루는 한 번에 잡을 수 없는 세 마리 토끼 같았다. 잡히지 않는 토끼를 쫓는 헛수고를 덜어내는 방법은 바로바로 하는 것뿐이었다.

책은 완독하면 마지막 페이지를 덮을 때 감정이 식지 않도록 단 한 줄이라도 메모를 남겼다. 체험 서비스를 받을 때는 정보를 빼곡하게 수집했다. 그리고 평일 오전에 책상 앞에 앉아 메모를 정리했다. 습관은 길들이는 법이라고, 오전 10시에 억지로 노트북을 켜는 일상이 차츰 자리를 잡았다.

노트북을 열고 1시간가량 집중으로 태워낸 에너지로 블로그에 포스팅이 하나 완성될 즈음이면 슬슬 배가 고파진다. 아이들이 먹다 남긴 빵으로 달랠 만한 허기가 아니다. 빵을 굽고, 달걀프라이를 올려 먹음직스러운 토스트를 만든다. 그리고 믹스커피 한 잔까지. 나만의 브런치 타임이 여유롭게 시작된다.

토스트를 한입 베어 물면서 써 놓은 포스팅을 읽는다.

'어머! 이 문장을 내가 썼다고?'

글쓰기에 여유가 생겨났다. 1,000자를 쓰는 동안 술술 써진 문장에 감정이 실리고 정보가 담겨 있다는 걸 발견했을 때의 짜릿함은 브런치보다 더 맛있다. 상기된 기분은 남아있는 집안일도 웃음으로 덮인다,

"지난번에 리뷰가 너무 좋아서 다시 연락드렸어요."

거기에다 오롯이 내가 쓴 포스팅을 통해 개인적으로 재방문 요청이 들어올 때면 내가 정보 기록자 역할을 잘 해내고 있는 것 같아 뿌듯하다. 막무가내로 시간이 날 때 쓰는 글에서는 만날 수 없는 성실함이 이룬 결과였다.

내가 쓴 글에 인정이 더해질 때, 그 순간만큼은 내가 마치 작가이자 기자이자 인플루언서가 된 듯한 특별한 기분이 든다. 이런 기분은 노트북을 켜고 믹스커피를 마시고 토스트를 한 입 베어 무는 평범한 풍경마저 별스럽게 만든다.

나만의 브런치 타임 속에서 타이핑 소리가 울리는 평일 오전 10시, 도망치던 토끼가 어느새 귀를 쫑긋 세우고 내 곁에 앉는다.

한 문장이 바꾼 내일

서른 중반이 넘도록 일상을 밀물과 썰물처럼 보냈다. 비슷한 조건의 사람들과 옹기종기 모여 그 안에서 주변 분위기에 맞춰 쓸리고 밀렸다. 내일에 대한 그럴싸한 계획이나 큰 미래는 없었다.

"누구네 애들은 영어 시작했대. 우리도 보내야 할 것 같아"

"자동차는 사람들이 많이 타는 걸로 사는 게 무난하겠지."

아이 교육도, 10년은 탈 차도 '남들 하는 만큼'이라는 기준에 맞춰 결정했다. 우리 아이의 성향이나 의사보다 또래에 맞추는 일이 더 중요했고, 차 역시 그때 가장 많이 팔리는 모델을 골랐다. 아이는 학원 가기를 힘들어했고, 차는 짐칸이 작아 시장을 볼 때마다 장바구니를 안고 타야 했다. 그럼에도 안락함에 안주한 채, 사소한 불편쯤은 감수하는 게 당연한 일상으로 굳어졌다.

그러다 우연히 2023년 서병을 통해 『Best를 버리니 Only가 보였다』를 읽으며 안락함에 안주하던 일상의 틀이 힘없이 깨졌다. 저자 윤슬 작가님은 한 권의 책 안에 두 아이 엄마의 삶을 담았고, 1년에 한 권씩 책을 출간하는 작가를 그렸고 출판사 대표 김수영으로서 자신을 소개했다. 엄마, 작가, 대표라는 여러 타이틀이 등장했지만, 책을 덮고 남은 문장은 하나였다.

"당신다울 차례라고."

이 한 문장에 마음이 흔들렸다.

그날 이후, 나의 일상은 예상 밖으로 흘러가기 시작했다. 아이들이 좋아하는 아이돌을 덕질하듯, 나는 수시로 담다출판사 홈페이지를 찾았고, 첫 서포터즈 '담다스 1기'로 활동할 기회를 얻었다. 책 속 사람들의 삶을 읽으면서 그저 흘러가는 대로 살던 나 자신이 자꾸만 흔들렸다.

우연은 또 다른 우연을 불렀다. 1년 넘게 서평 활동을 하면서 서울국제도서전이라는 행사가 있는지 처음 알게 되었다. 이후 알고리즘으로 뜨는 사진과 영상을 보니, 책과 독서가로 가득한 그곳에 가고 싶은 마음이 꿈틀거렸다.

실행은 빨랐다. 윤슬 작가님을 직접 만났다. 그날은

습하고 더웠고, 사람들로 소란스러웠다. 그 속에서 담다를 소개하는 작가님 얼굴에만 경쾌함이 묻어났다. 천천히 다가가 함께 담다스 1기로 활동하던 인플루언서와 나를 소개했다. 하지만 정신없이 바빠 눈인사만 하고 돌아섰다.

다시 찾은 부스에서 작가님은 밀려드는 독자를 잠시 뒤로하고 테이블을 꺼내 우리만의 즉석 북토크 자리를 만들어 주었다. 더위를 뚫고 다시 방문한 우리에게 그 공간도 잠시 소란을 멈춰주었다.

"작가가 되고 싶어요."

나 혼자 몰래 간직하고 있던 꿈이 불시에 입에서 튀어나왔다. 책 쓰기 기본기도 없지만 책을 출간하고 싶다는 포부가 확 타올랐다.

한순간 불장난인지 충동인지 알 수 없는 내 말에 작가

님은 진심으로 책 쓰기에 필요한 조언을 아낌없이 전해
주었다.

"탄탄한 기획서가 중요합니다."

글쓰기와 달리 책 출간에서 가장 중요한 것은 탄탄한
기획서라는 말을 거듭 알려 주었다. 내가 기억해야 할
것이 무엇인지 또렷하게 새겨 주었다.

돌아오는 버스 안에서 주변을 휩쓸던 물살이 잔잔해
졌다. 흐렸던 내일이 분명해졌다. multiple 말고 only
가 되고 싶었다. 흘러가는 대로 맞이하는 내일이 아닌
내 손으로 꾸려가는 내일을 만나고 싶었다.

chapter 3.
평일 오전, 글쓰기로 달라지다

비공개 계정에 숨겨 둔 마음

마냥 누워서 시간을 보내는 무기력함에 사로잡힐 때 무심하게 던지는 질문 하나가 있다. 타인의 일상을 훔쳐보며 상대적 박탈에 빠질 때 더 선명하게 튀어나오는 질문이다.

'돈 없는 나는 무엇을 할 수 있을까?'

분명 나에게 던지는 질문인데 대답하지 못하는 나만 덩그러니 남겨진다.

돈을 좇던 시절에는 출근이 낙이었다. 쉬지 않고 일하는 만큼 월급 앞자리가 바뀌는 것으로 만족했다. 사명감이나 목표가 있어서 돈을 번다기보다 돈이 없어 전전긍긍하는 불안을 벗어나는 것으로 안도했다. 하지만 돈을 좇는 낙이 사라지자, 만족은 허물어지고, 안도감은 불안으로 변했다.

'지친다.'

고정 지출을 메우고 나면 텅텅 비는 통장을 볼 때마다 지친다는 말이 입안에서 맴돌았다. 덜 익은 감을 먹은 것처럼 입안은 떫고, 기분은 건조하게 갈라졌다. 겉으로 보기엔 어제와 다르지 않은 하루지만 나는 어제보다 조금 더 푸석해졌다.

속을 내놓을 곳이 필요했다. 누구에게도 쉽게 털어놓을 수 없는 마음을 어디엔가 내려놓고 싶었다. 돈 없는 궁핍함을 떠들어 대기에는 자존심이 상했다. 속상하고 찌질하고 안타깝고 아쉬운 마음을 쏟아낼 도피처, 나만 볼 수 있는 블로그 비공개 계정으로 숨어들었다.

매일 쓰지는 않아도 어쩌다 감정이 쏟아지는 날이면 보는 사람 없는 블로그에 글을 썼다. 아프면 아픈 대로, 좋으면 좋은 대로, 싫으면 싫은 대로 마음껏 썼다. 그렇게 감정을 하나둘 풀어낸 글은 내 안에서 짓누르던 무게를 차츰 줄여 주었다.

가벼워진 마음은 그동안 치졸하고 옹졸했던 내 모습을 자주 거울 앞에 세워 보게 했다. 마주하지 못했던 내면에 점점 익숙해졌고, 혼자 보던 감정은 서평을 통해 조금씩 밖으로 나오기 시작했다.

서평에 '글이 좋다'라는 댓글이 하나둘 달리기 시작했

다. 감추기 바빴던 감정 위에 누군가의 위로가 포개졌다. 이는 비공개 계정을 공개 계정으로 바꾸는 용기가 되었다.

'취미로 그리는 그림, 나한테 기부하세요.'

덩그러니 글만 있는 포스팅에 생기가 있으면 좋겠다는 생각이 거침없이 커졌다. 취미로 그림을 그리는 전 직장 동료에게 재능 기부라는 당당한 제안서를 내밀었다. 예상치 못한 제안에 상대는 많이 놀랐지만, 취미에 머무르지 않고 드러낸다는 게 좋았는지 단번에 승낙했다.

감정 글쓰기는 시간이 흐를수록 일러스트 시집의 모양을 갖추어 갔다. 흩어진 글이 하나의 의미로 묶일 때 더 많은 사람에게 닿으면 좋겠다는 욕심이 생겼다. 브런치 작가 도전은 뜻밖이었지만, 어쩌면 미세하게 꿈틀거리던 작가의 꿈이 스스로 연 문일지도 모르겠다.

두 번 낙방한 후에 브런치 작가가 되었다. 작은 공간이었지만 작가라는 이름이 붙으면서 감정은 더 날것 그대로 글 속에 담겼다. 덕분에 유약했던 감정은 잡아주는 손이 없어 하늘로 치솟던 슬픔을 끌어내렸고, 뭉개는 발이 없음에도 바닥으로 가라앉던 비참함을 끌어올렸다. 돈이 없어서 숨어든 감정 쓰기였는데, 오히려 나를 세상 밖으로 꺼내주는 동아줄이 되었다.

'돈 없는 나는 무엇을 할 수 있을까?'

더 이상 대답을 찾지 않는다. 무엇을 할 수 없었던 게 아니라, 아무것도 하지 않았기 때문에 대답하지 못했다는 것을 이제는 알기 때문이다.

매일 쓰기의 힘

서평과 리뷰를 시작하고 하루에 적게는 300자, 많게는 1,500자 가까이 글을 쓴다. 300자 안팎의 글은 네이버 플레이스 영수증 방문자 리뷰로, 1,000자 남짓의 글은 블로그와 인스타그램에 기록으로 남긴다. 하루도 빠짐없이 남기는 짧고 긴 문장이 이제는 내 일상의 한 조각이 되었다.

내가 어떤 사람인지, 무엇을 가진 사람인지도 모른 채

살았던 나에게 서평과 리뷰는 잠재된 재능의 발견이었다. 대중적인 도서부터 심리학, 청소년까지 다양한 도서 장르는 매일 내가 느끼는 감정에 따라 달라졌다. 리뷰도 육류와 생물, 구이와 탕, 튀김 등 매번 다른 재료가 정보가 되었다. 뷰티는 그보다 더 세분화해 물광, 탄력, 속눈썹, 네일, 염색, 커트 등으로 끝없이 나뉘어졌다. 그러다 보니 매일 쓰는 글의 주제와 감정이 끊임없이 변했고, 무궁무진한 글감을 따라잡기 위한 노력은 필수였다.

지금은 서평과 리뷰 쓰기가 일상이 되었지만, 시작은 쉽게 넘지 못하는 뜀틀 같았다. 멀리서 볼 때는 그리 높아 보이지 않던 뜀틀이 막상 가까이 다가가면 달리기를 멈추게 하는 벽처럼 느껴졌다.

'저걸 뛰어넘을 수 있을까?'

노력 없이 남기던 문장에는 자신감이 없었다. 서평

하나를 쓰느라 몇 시간씩 노트북과 씨름했다. 리뷰도 1,000자 이상이라는 조건 앞에서 한숨이 먼저 나왔다. 특히 같은 말을 반복하고 있다는 자각이 들 때면 양심에 찔려 업로드 버튼을 누르지 못했다. 머리를 쥐어짜며 글을 쓰고 나면 탈진에 가까운 갈증을 느끼는 날도 많았다.

그럼에도 무료라는 메리트를 놓치기 싫었다. 계속 내 것으로 누리려면 잘 써지든 그렇지 않던 엉덩이를 의자에 붙이고 글 쓰는 일을 반복해야 했다. 기간 내 완료라는 강제성에서 낙오자가 되지 말아야 했다. 쓰는 일을 포기할 수 없었다.

어느 날부터 서평은 '추천합니다'로 끝나지 않고 '유익하다, 유용하다, 따뜻하다, 정겹다, 아프다, 애잔하다' 등의 다양한 감성으로 마무리되었다.
맛집 리뷰는 '맛있다'에 머무르지 않고 육즙과 육질을 구분하고, 식감이 부드러운지 쫄깃한지, 면발이 탱글탱

글한지 말랑한지를 형상화했다. 뷰티 역시 '아름답다' 라는 말에 멈추지 않았다. 피부에 닿는 촉감을 전하고, 촉촉한지 끈적이는지, 윤기가 도는지, 볼륨과 생기가 살아나는지를 생생하게 그렸다.

계속 읽고 수정하는 동안 문장을 매끄럽게 정리하는 기술을 습득했다. 문장에 나만의 정겨움을 담았다. 그러면서 나만의 문체가 만들어졌다.

노트북 앞에 앉아 머리 쥐어뜯는 일이 없어지고, 손가락 리듬으로 술술 문장이 흘러나왔다. 스스로 감탄하는 문장이 하나둘 생겼다. 서평과 리뷰를 쓰는 시간이 두 시간에서 30분으로 줄었고, 1,000자라는 분량이 주던 부담도 사라졌다.

'나 혹시 글쓰기에 재능 있나?'

책상 앞에 앉아 글을 쓰다 보면 지루할 틈 없이 시간

이 흐른다. 그럴 때마다 글쓰기가 나에게 주어진 달란트처럼 여겨졌다. 마무리하지 못한 문장이 종일 머릿속에서 맴돌 때면 내가 글쓰기에 진심이라는 걸 확인할 수 있었다.

그렇게 나는 점점 쓰는 사람으로 자리를 굳혀갔고, 문장에 힘이 붙자 비로소 높기만 했던 뜀틀 앞에서 뛰어오를 자신감이 생겼다.

글쓰기가 깨운 나의 꿈

평일 오전 노트북 앞에 앉을 때면 글쓰기 주제가 천차
만별로 준비되어 있었다. 문제는 주제가 아니라 단어
였다. 내 어휘와 감정은 늘 일정한 범위 안을 맴돌았다.
마치 같은 자리를 도는 회전 그네처럼 몇 안 되는 표현
이 반복되었다.

첫 서평을 쓸 때만 해도 의식적인 노력의 필요성을 알

지 못했다. 단지 책을 읽고 느낀 감정을 옮기는 일로 생각했다. 그러나 하나둘 서평이 늘어날수록 단순히 읽는 행위로 끝나면 안 되는 일이라는 걸 알아차렸다. 생각이 없는 감상은 전달력이 떨어졌고, 자칫하면 비슷한 감정의 나열로 끝났다. 맛집과 뷰티, 카페 리뷰도 마찬가지였다. 조금이라도 세분화하지 않으면 어디서 본 듯한 비슷한 글이 되고 정보 전달의 힘을 잃었다.

'식상하다.'

하트는 당연히 눌리지 않았다. 소득 없는 포스팅은 식상함을 넘지 못했다. 막히는 문장 앞에 꼼짝없이 주저앉아 있던 끝에 겨우 써낸 문장은 어제와 큰 차이가 없었다. 의미 없는 활자에 마침표를 찍지 못했고, 전달하고 싶은 메시지가 흐려질수록 잘하는 건지 의심이 뒤따랐다.

판에 박힌 서평과 리뷰로 인해 무료로 주어진 기회가

끝나게 될까 봐 불안했다. 뻔한 단어와 진부한 문장을 벗어나지 못할 때면 글은 더는 앞으로 나아갈 수 없었다.

매번 다양한 주제를 마주하지만, 어휘가 제자리 걸음을 할 때면 종일 좁은 공간을 쫑쫑거린 사람처럼 다리만 아프고 소득은 없었다. 바꿔야 했다. 준비 없는 단어도, 감정도, 어휘도, 나도 빠짐없이 변해야 했다. 아니 고쳐야 했다.

단어를 수집하기로 했다. 정신없이 외우고 쓰지 않으면 다시 잊어버리는 습관부터 고쳤다. 돌아서면 잊어버리는 기억력 대신 단어를 붙잡아 둘 단어장을 쓰기 시작했다.

책을 읽다가 모르는 단어가 나오면 찾아서 캡처해 두었다가 단어장에 옮겼다. 자주 쓰지 않아 잊어버리던 단어가 단어장에 모이고, 문장이 막힐 때마다 샛길을 만들어 주는 기특한 도구가 되었다.

감정도 수집했다. 내가 느끼는 몇 가지 감정을 세분화했다. '슬프다, 아프다, 감동적이다'라는 몇 개의 말로 전할 수 없는 감정은 '먹먹하다, 애잔하다, 울컥하다, 스며든다, 뭉클하다, 시큰하다, 저미다' 등 모양이 같지만 각기 다른 감정으로 전달했다.

어휘가 늘어나자 바라보는 시선도 달라졌다. 밋밋함을 덜자 글쓰기가 훨씬 다채로워졌다. 그리고 문장에는 가독성이 붙었다.

단어와 감정이 풍성해지자 반복으로 설명이 길어지던 문장이 담백해졌다. 말하듯 쓰는 문장이 거듭될수록 문맥이 자연스럽게 이어졌다. 표현이 다양해지니 무채색 문장이 어제와 다른 무지개색으로 갈라져 빛을 뻗어냈다.

반복되는 기록은 활동 영역 또한 자연스럽게 넓혀 갔다. 블로그에서 인스타로, 피드에서 릴스로, 사진에서 영상으로. 그에 맞춰 문장도 길게 혹은 짧게 조절하는 기술도 늘었다.

특히 릴스를 제작할 때 움직이는 영상에 밀리지 않게 임팩트 있는 한 줄을 쓸 때면 단어 선택에 더 공을 들였다. 짧은 문장에 핵심을 담는 순간만큼은 카피라이터가 된 것처럼 열정이 솟았다.

노력으로 수집한 문장은 이제 나만의 연장통이다. 망치, 드라이버, 멍키 스패너처럼 매일 꺼내 쓰지는 않지만, 필요한 순간마다 꺼내 문장을 고치고 다듬는 도구로 적재적소에 사용했다.

문장에 감정을 넣고 힘을 실어 메시지가 또렷하게 전해질 때마다 한 가지 생각이 계속 떠올랐다.

'나도 작가가 되고 싶었는데.'

상상 속에 머물러 있던 꿈을 현실로 데려 오고 싶어졌다. 찾고 또 찾는 시간이 거듭될수록 책 쓰기에 대한 도전이 막연함이 아닌 가능성으로 다가왔다. 하얀 모니터 위 까만 글자가 서평이나 리뷰가 아닌 내 이야기로 채워진다면 어떨까.

연장통 가득 담긴 글쓰기 도구를 내 이야기에 쓰이는 도구로 활용하고 싶어졌다.

멈춤이 아닌 출발 신호

책을 쓰는 작가가 되고 싶다는 희망이 마침내 현실이 되었다. 3년 동안 붙잡고 있던 원고를 바탕으로 투고한 기획서가 여러 번의 반려와 수정 끝에 출판 계약서로 돌아왔다. 막연하게 '작가가 되고 싶다'라고 말하며 무지함 속에서 품었던 작은 씨앗이 비로소 땅을 만난 순간이었다. 그때의 기대감은 가슴에 차고 넘칠 만큼 벅찼다.

2024년 11월 출판을 위한 초고 다듬기가 시작되었다. 수정은 12월 중순까지 이어졌다. 그러나 아직은 날 것의 감정을 그대로 드러낼 용기가 부족했다. 문장은 하소연과 허구의 경계에서 맴돌았다. 출근과 퇴근 그리고 휴무 사이에 틈틈이 쓰는 글은 이어지는 문장마다 걸림돌을 놓았다. 매끄럽지 않은 자갈 위에 서 있는 기분이었다. 그토록 바라던 순간이지만, 어느 순간 부담으로 다가왔다.

'돈 때문에 하는 것도 아닌데, 잠깐 쉴까.'

가슴을 가득 채우던 기대감도 점점 식어 갔다. 원고는 출구 없는 미로 안에서 질척거렸다.

그 무렵 직장에서 불화가 생겼다. 쉬는 날도 마다하지 않고 일했다. 열정 페이라 불려도 불평하지 않고 더 열심히 했다. 아이들 곁에 오래 머무는 엄마보다, 돈을 더 많이 버는 엄마가 되는 게 아이들을 더 행복하게 해 줄

수 있다고 생각했다. 그렇게 몸이 부서질 듯 일하며 직장에 충성을 다했다. 하지만 혼자만의 생각이었다. 그 열심히는 직장에서 불화의 요인이 되었고 퇴사로 돌아왔다.

돈을 좇던 일상은 어느새 돈에 쫓기는 삶으로 바뀌었다. 이전에 느끼지 못했던 스트레스가 갑자기 한순간에 쌓였다. 모든 숨구멍이 막힌 것처럼 답답했다. 몸도 서서히 신호를 보내기 시작했다. 열이 나고 기침이 심해졌다. 하지만 아르바이트를 쉴 수는 없었다. 바닥을 보이는 통장이 불안했다. 돈이 끊기면 어떻게 될까, 초조함이 앞섰다.

책 출간보다 당장 목구멍을 채우는 일이 더 급해지면서 책 쓰기는 자연스럽게 멈췄다.

2024년 12월 31일 밤 8시였다. 잠깐 잠이 들었다가 깨어났을 뿐인데 이상한 일이 벌어졌다. 아이들의 이름이 떠오르지 않았다. 혀가 굳은 것처럼 말이 어눌했고, 발음은 술에 취한 사람처럼 흐릿했다. 엉뚱한 말이 입에서 튀어나왔다. 몸과 마음이 더는 버티지 못했다. 스트레스를 이기지 못한 몸이 뇌경색으로 멈춤을 선언한 순간이었다.

2025년 1월, 병원에서 새해를 맞이했다. 급성 뇌경색이라 일주일 입원이 필요하다고 했다. 그래도 다행히 아직 젊은 나이라 좁아진 혈관은 없었고, 막혀 있던 혈전도 후유증 없이 잘 빠져나갔다고 했다. 의사는 휴식을 권했다. 입원해 있는 동안 바닥을 보이던 통장에 진단비가 입금되었다.

'하늘이 도왔네.'

이 말이 절로 나왔다. 더는 돈만 좇으며 애쓰지 말라는 신호처럼 느껴졌다. 돈 때문에 자신을 망가뜨리고 있었다는 사실을 그제야 돌아보게 되었다. 아무것도 하지 못한 채 아이들을 두고 떠날 수도 있었던 그날의 기억은 마음에 큰 구멍을 남겼다.

퇴원 후 다시 노트북 앞에 앉았다. 책 쓰기를 멈추지 않기로 했다. 돈을 벌기 위해서가 아니라 나를 기록하는 일을 계속하기로 마음먹었다. 작가의 꿈이 현실이 될 수 있도록 주어진 기회를 허망하게 놓치고 싶지 않았다. 기약할 수 없는 내일로 미루지 않고, 오늘을 남기는 일에 집중하기로 했다.

결과는 예상 밖이었다.

아이들 곁에서 여유를 가지고 쓰는 글은 출구 없는 미로에 갇혀 있던 문장에 길을 열어 주었다. 날것의 감정을 드러내는 일에도 차츰 적응했다. 어떤 날에는 뇌경색으로 머리가 굳어지지 않았다는 것을 글을 쓰며 느꼈다. 문장을 쏟아내는 순간마다 살아 있다는 감각이 선명해졌다.

2025년 2월, 두 달 만에 출간 원고를 완성했다. 출간이 확정되었다는 소식을 들었을 때 가슴이 다시 뛰기 시작했다. 살아 있음에 감사하다는 말이 심장 깊은 곳에서 쿵쾅쿵쾅 울렸다.

넘어지고 나서야 깨달았다. 돈이 때로는 나를 멈추게 하고, 질병이 때로는 나를 움직이게 한다는 것을. 인생의 어둠은 예상하지 못한 곳에서 찾아오지만, 어둠 안에서 발버둥을 멈추지 않는 한 뜻밖의 빛을 내기도 한다는 것을.

나에게 뇌경색은 나를 멈춘 어둠이 아니라 다시 시작하는 발버둥의 빛이었다.

'작가'라는 직함

서평 쓰기를 시작하면서 작가와의 만남이나 북토크, 지역 북페어 등 독자를 위한 다양한 행사를 알게 되었다. 그러면서 책을 읽는 것에 그치지 않고 현장에 참여하고 싶다는 마음이 꿈틀거렸다. 하지만 주로 평일 저녁이나 주말 저녁에 하는 두 시간 남짓한 작가와의 만남이나 북토크는 여러 가지 사정으로 참여가 어려웠다.

아쉬운 마음으로 인스타그램을 보던 어느 가을 무렵, 담다 페스티벌 홍보 영상이 눈에 들어왔다. 담다 서포터즈 활동을 하며 내적 친밀감을 느끼던 출판사라 더 반가웠다. 무엇보다 행사 시간이 주말 저녁이라 아이들과 함께 가도 괜찮을 것 같았다. 망설일 이유가 없었다. 여행 가듯 담다 페스티벌에 참가 신청을 했다.

출판사가 대구에 있는 까닭에 일정을 가족 여행으로 계획했다. 토요일 저녁에는 페스티벌에 참여하고, 일요일에는 추천 여행지를 둘러보는 1박 2일 일정이었다. 호텔 예약을 마치고 행사 날만 기다렸다.

현장에는 생각보다 사람이 많았다. 행사장 앞에는 담다 출판사 책이 가득 진열되어 있었다. 다양한 책 표지만큼 작가진이 궁금했다. 나눠 주는 꾸러미를 받고 책을 출간한 작가를 기다렸다.

'나 같은 주부라니.'

자신을 소개하는 작가의 이력에 적잖은 충격을 받았다. 내가 생각하는 작가는 화려한 스펙이 있거나, 충격적인 사건을 경험했거나, 그것도 아니라면 글쓰기를 전문으로 하는 사람이라고 생각했다. 그래서 작가가 되고 싶다는 꿈이 있지만 실현 불가능하다고 여기고 있었다.

하지만 담다 페스티벌에서 만난 작가들은 그렇지 않았다. 누군가는 주부였고, 누군가는 가장이었고, 또 누군가는 직장인이었다. 중년에 글을 쓰기 시작한 사람도 있었다. 문득 그들 사이에서 나도 책을 낼 수 있지 않을까 하는 생각이 짙게 스며들었다.

'나도 저 마음 알지!'

그들이 전하는 이야기에 공감하며, 특별한 성공담보다 보통의 삶이 더 깊은 이해로 다가선다는 걸 알게 되었다. 비슷한 삶을 사는 사람들의 이야기 자체가 나에게 동기를 부여하는 것 같았다.

세 시간 남짓한 행사가 진행되는 동안 노트북에 써 놓은 내 이야기가 자꾸 떠올랐다. 왠지 나도 작가로서 저 무대에 설 수 있을 것 같은 상상이 계속되었다.

"이제 당신의 이야기를 시작해 보세요."

나에게 말하는 기분이었다. 할 수 있다는 확답 같았다. 책은 화려함이 아닌 소소한 일상에서 시작된다는 말처럼 들렸다. 작가가 되는 건 불가능하다고 여겼던 마음이 '한번 해 보자'는 가능성으로 열렸다.

'나도 작가로서 무대에 서보자.'

꼭 이곳이 아니어도 좋았다. 그저 독자가 아니라 작가가 되자고 다짐한 혼자만의 약속이었다. 그 마음이 파도처럼 밀려와 가슴안에서 하얗게 부서졌다.

1박 2일 여행하는 내내 서둘러 집에 돌아가 노트북을

열고 싶었다. 잠들어 있는 글을 빨리 깨우고 싶었다. 여러 책을 읽으면서 혹시 몰라 모아 두었던 책 쓰기 방법을 다시 뒤적였다.

1. 간결하게 쓰기
2. 조사 줄이기
3. 설명하지 않기
4. 탄탄한 기획서
5. 분명한 메시지

작은 메모지에 써서 키보드 옆에 붙였다. 나 혼자만의 약속이었지만 반드시 지키고 싶은 약속이었다.

하지만 혼자 쓰는 글은 숨어들기 바빴다. 솔직함을 내보인다는 건 자신감을 떠나 엄청난 도전이며 끝없는 용기가 필요한 일이었다. 거기에 계속 반려되는 기획서는 매번 의욕을 잡아먹었다. 문장이 막힐 때면 노트북 뚜껑은 쉽게 닫혔다.

그럴 때마다 마음이 무거웠다. 해보자는 열망이 옆구리를 쿡쿡 찔러 자극했다. 죄책감은 아니지만 시원하지 않은 찝찝한 기분에서 벗어날 수 없었다. 하기 싫은 걸 참고 노트북 앞에 앉기를 여러 번, 앉고 또 앉았다. 덕분이었을까. 원고에 메시지가 선명해지고, 기획서가 통과되었다.

마침내 2025년 4월 15일, 『우리는 육아가 끝나면 각자 집으로 간다』를 정식으로 출간했다. 스스로와의 약속을 지켜냈다는 사실이 무엇보다 기뻤다. 비록 독자가 있는 무대에 올라 인사를 하지는 않았지만, 어제와는 다른 길을 스스로 만들어 낼 수 있는 사람임을 증명해 낸 대견한 날이었다. 벅찬 가슴으로 맞이한 그날은 나에게 작가라는 직함을 당당하게 달아 주었다.

chapter 4.
두 번째 이름, 작가

나는 작가 글짱입니다

작가로 성장한다는 것은 나만의 브랜드를 갖게 되는 일이었다. 단순한 서평가나 리뷰어가 아니라, 작가로서 쓰는 글은 신뢰의 결이 달랐다. '작가'라는 이름은 나 자신을 더 나은 사람으로 발전시키는 훌륭한 조건이 되어주었고, 한 문장 한 문장에 담기는 책임 역시 이전보다 단단하게 했다.

공저를 제외하고 첫 단독 저서를 출간했을 때만 해도 '작가'라는 호칭이 어색했다. 스스로 입에 올리기에는 부끄러움이 앞섰다. 그러나 두 번째 단독 저서를 세상에 선보이고 나서부터는 유명하지 않아도 꾸준하게 출간을 이어가고 있다는 사실이 조금씩 자부심이 되었다. '글짱'이라는 두 번째 이름으로 마주한 일상은 남의 삶을 기웃거리며 자신을 깎아내리던 나를 회복시켰고, 헤매던 길 위에서 또렷한 방향을 제시해 주었다.

"서평과 리뷰를 쓰는 작가 글짱입니다."

어느새 포스팅과 피드에 아줌마, 엄마가 아닌 작가 글짱이라는 인사가 자연스레 자리했다. 직함이 주는 무게가 가볍지 않지만 싫지도 않다. 오히려 더 오래 지키고 싶다는 의지가 되었다. 책상에 앉을 때 타오르는 열정은 글짱이라는 내 이름을 더 붉게 태웠다.

"어머, 진짜 작가님이셨네요. 작가님 책 궁금해요."

두 권의 책을 출간하며 붙은 자신감은 체험으로 만나는 새로운 사람에게 나를 홍보하는 용기가 되었다. 그들의 놀라움과 관심이 좋았다. 실제로 책을 구매해 서평을 남기는 독자로 이어지면 기분이 뛸 듯이 기뻤다. 다음 책이 나오면 꼭 읽겠다는 약속을 남기는 잠재 독자들의 기대를 저버리고 싶지 않았다. 글 쓰는 일이 내게 필연적인 직업이 되길 바라는 간절함에 책임감이 더 굳건해졌다.

글 쓰는 일상이 이곳저곳으로 가지를 뻗을수록 나는 '누구의 엄마', '40대 아줌마', '가정주부'로 불리는 일이 줄었다. 블로그와 인스타그램을 통해 사람들에게 작가로 불리는 일이 더는 어색하지 않다.

지인들에게서 '장 작가님'이라는 다정한 안부를 듣는 것도, 또박또박 사인을 한 내 책을 선물하는 일에도 점점 익숙해졌다. 작가라는 이름을 엄마, 주부보다 더 자주 들을수록 발전하고 있다는 것을 스스로 확인할 수 있었다. 작가는 직함을 넘어 나의 존재 자체를 확장해 주었다.

"내 친구인데, 작가예요."

누군가의 소개 속에서 불리는 나의 이름이 또 다른 울림으로 다가왔다. 소중한 사람들에게 자랑하고 싶은 존재가 되었다고 느껴질 때의 감동은 쉽게 가라앉지 않았다. 혼자만의 뿌듯함이 아니라 곁에서 함께 손뼉 쳐주는 사람들이 있을 때, '글짱'이라는 이름이 더 반짝반짝 빛났다.

이제 내가 쓰는 한 줄은 더 이상 글자가 아니다. 서평이든 리뷰든 감정 쓰기든 책 쓰기든 형식은 중요하지 않다. 하얀 화면에 까맣게 남는 글자에 작가로서 나의 존재가 함께 새겨지고 있다는 사실이 가장 중요하다.

'글 쓰는 짱윤,' 그 의미를 두 손으로 꼭 붙들어 빛 좋은 개살구가 아닌 속이 꽉 찬 열매로 영글고 싶다. 작가로서 쓰는 문장의 책임이 절대 가볍지 않겠지만, 내려놓고 싶지 않은 행복인 만큼 오래도록 작가 글짱으로 쓰고 남겨지고 싶다.

첨삭해 주는 엄마, 꿈을 찾아가는 딸

우리 집 풍경이 변하고 있었다. 내 이름이 적힌 책이 하나둘 늘어나, 책 읽는 엄마의 모습, 노트북 앞에 앉아 글을 쓰는 엄마의 모습이 일상이 되었다. 그런 변화는 중학생인 큰아이에게 조용히 스며들었다. 스마트폰으로 하루를 보내던 아이가 어느 날부터 고전을 손에 쥐었다.

서점에 가면 아이돌 앨범 코너 앞에만 멈추던 아이의 발이 도서 앞으로 발길을 옮겼다. 고전 앞에서 책을 뒤적였고, 관심 있는 작가를 미리 검색하고 책을 찾았다. 사춘기 때문에 방문을 닫던 아이가 책 사러 가자는 말로 마음의 문을 열었다. 엄마 곁에서 멀어지던 아이는 책이라는 징검다리를 스스로 놓으며 다시 엄마 곁으로 돌아왔다.

큰아이는 책을 읽는 데서 멈추지 않았다. 책상 한쪽에 있는 화이트보드에 마음을 울린 문장을 적어 놓았다. 패드에는 북마크한 문장을 옮겨 적기 시작했다. 스마트폰보다 책을 읽는 시간이 늘어 갔다. 그러면서 여운이 남는 책은 나에게 읽어보라고 추천도 한다. 아이와 함께 책을 읽는다는 건 뿌듯한 일이다.

1년 동안 책으로 소통하던 아이가 고등학교 진학을 앞둔 중학교 3학년이 되었다. 특성화고 입학을 앞두고 자기소개서와 지원동기를 준비해야 했다. 처음으로 자신을 온전히 글로 옮겨야 하는 과정은 아이에게 큰 부담이 되었다.

"엄마, 자기소개서랑 지원동기를 써야 하는데 시작 못하겠어."

아이는 글이 막히는 순간, 친구도 선생님도 아닌 엄마인 나에게 가장 먼저 도움을 청했다. 작가로서 새로운 일상을 살아가는 엄마를 그냥 지나치지 않고, 글쓰기의 부담 앞에서 자연스럽게 떠올려 준 것이 고마웠다.

"자소서는 네 모습을 진실하게 쓰면 돼. 감추려고 하면 오히려 글이 더 막혀."

가르치기보다 스스로 써내길 바라는 마음으로 꾸밈없이 해 준 말이었다. 아이는 그 한마디를 그냥 넘기지 않았다. 어릴 적부터 친할아버지와 농사짓고 화초를 가꾸며 보낸 시간을 떠올려 꽃과 식물에 관심을 두게 된 과정, 조경원예과에서 공부한 뒤 플로리스트로 성장하고 싶다는 포부까지 막힘없이 담아냈다. 대견하고 기특했다.

"엄마, 이거 한번 봐줘."

첨삭까지 잊지 않고 부탁했다. 그 결과는 담임 선생님의 칭찬으로 돌아왔다. 대부분 학생이 챗GPT로 글을 작성해 온 상황에서 큰아이는 자기만의 문체로 글을 썼다는 평가를 받았고, 이는 내적 자부심을 한층 키워 주었다. 자신의 감정과 생각을 올곧게 옮기는 첫 번째 기록에 성공한 아이는 부쩍 글쓰기에 자신감이 붙은 것 같았다.

아이는 조금씩 자신을 글로 풀어내는 것 같았다. 그러던 중 2025년 담다 페스티벌 '나에게 쓰는 편지' 프로그램에서 짧은 시간 내에 한 편의 글을 순식간에 완성했다. 그리고 연말 책으로 배송된 그 감정은 엄마인 내 마음에 오래도록 여운을 남겼다.

  가장 애정해야 할 나에게

  과거에 너는
  낭만적인 말을 좇는 사람이었는데
  좀 더 큰 너는
  스스로 알고 있는 문제점을 고치고
  좇는 사람이 아니라
  좇았던 말만 하는 사람이 되었을까?
  글쎄,
  남에게 하지 못하더라도 스스로에겐
  간간이 자신을 말하는 사람으로 컸으면 좋겠다.
  지금 할 수 있는 가장 낭만적인 말로.

  철부지 같기만 하던 아이가 자신에게 말을 건네는 사
람으로 자라고 있었다. 활자에 감정을 녹여낸 글은 미
흡하지만 단단하게 자신을 붙잡고 있는 느낌이었다. 어

쩌면 아이도 마음이 지칠 때마다 글을 통해 자신을 다독이고 있었는지 모르겠다.

요즘도 아이는 가끔 자신이 쓴 문장을 친구들에게 보여준다. 기분 좋은 피드백이 돌아오면 나에게 깨알 자랑을 한다. 그러다 문득 언젠가 출간 작가가 되고 싶다는 말을 살포시 내뱉는다. 그러면서 아이가 성장하는 동안 꿈이 메마르면 어쩌나 두려웠던 엄마에게 걱정하지 말라고 명쾌한 신호를 보낸다.

"읽어보고 모른척하기."

어느 밤 아이가 자신의 블로그 주소를 슬쩍 내밀었다. 그 안에는 매월 읽은 책의 서평이 귀엽게 담겨 있었다. 그리고 다음 장에는 쑥스럽고 부끄러워서 표현하지 못한 마음이 '고맙고,' '미안하다고,' '응원한다'라는 말로 과하지도 부족하지도 않게 화면을 가득 메우고 있었다. 그 마음을 전하기 위해 한 글자 한 글자 꾹꾹 담아내는 아이 모습이 보였다. 눈물이 핑 돌았다.

감동으로 훔친 눈물은 가슴을 뜨겁게 했다.

책 속에서 꿈을 찾는 아이가 견고하게 꽃망울을 맺고 예쁘게 피어나길 소망한다. 혹시 아이가 나와 같은 꿈을 향해 길을 걷는다면 든든한 동행자가 되어주고 싶다고, 뜨거워진 마음이 오래도록 식지 않는 밤이다.

4월의 기적

"작가님, 하고 싶은 말이 뭐예요? '이혼하세요' 뭐 이런 거 아니잖아요."

그 질문 하나가 막연하게 머물러 있던 글의 방향을 선명하게 만들었다. 내가 하고 싶은 말은 이혼을 권하는 것이 아니라, 부부의 의무를 내려놓고 부모의 책임을 다할 때 완전해졌다는 것이었다. 그 마음이 원고 안에서는 세상과 맞설 준비가 끝나 있었다. 나에게 필요한 건 '혹시나' 하는 불안과 두려움을 이겨낼 용기뿐이었다.

퇴고를 반복하는 과정에서 감정이 자주 아팠다. 초고를 쓸 때는 억울해서 아팠고, 퇴고할 때는 내 이기심이 보여서 아팠다. 출간을 앞두고는 이 책을 읽을 가족 때문에 아팠고, 출간 후에는 세상에 비칠 우리의 모습이 누군가에게 불쾌감을 줄까 봐 두려워서 아팠다. 그럼에도 끝까지 이야기를 쓰고 다듬었다.

2025년 4월 15일, 마흔 번째 생일과 함께 『우리는 육아가 끝나면 각자 집으로 간다』가 세상에 나왔다. 예상은 했지만, 처음 세상에 나온 내 이야기에 대한 반응은 쉽지 않았다. '이혼'이라는 단어 앞에서 독자의 시선은 차가웠다. '공동육아'라는 선택은 재혼에 대한 미련이나 미완의 관계라는 누군가의 독단적인 해석 또한 쉽게 부술 수 없었다.

"우리는 두 아이의 엄마 아빠로서 최선을 다합니다."

세상을 향해 계속 말했다. 이혼이라는 단어에 묻히는 '부모로서 책임을 다하는 우리'를 먼저 이야기했다. 이후 다시 여자로서 삶을 찾아가는 나를 이야기했다. 진심은 통했다. 가까운 주변에서부터 화살처럼 꽂히던 질문이 멈췄다. 그리고 그 자리에 '멋지다', '대단하다', '존경스럽다'라는 반창고가 붙었다.

2025년 4월 14일, 예약 판매만으로 네이버 베스트셀러를 기록했다. 비난과 우려 속에서 포기하지 않고 끝까지 책을 쓰고 홍보에 열의를 다한 노력이 모이고 모여 기적을 만들었다. 소중한 사람들의 축하가 아낌없이 쏟아졌다.

불안과 두려움을 이겨내고 얻은 베스트셀러 타이틀은 강했다. 편견과 오해로 싸우던 시간을 향해 '내가 승리자'라고 말해주는 기분이었다. 짧은 순간이었지만 잊을 수 없는 감격으로 인해 오래도록 가슴이 벅찼다.

책은 오해를 이해로 바꾸었다. 나를 둘러싼 관계는 더 단단해졌다. 공동육아를 함께 하는 아이 아빠와도 감정적 고립이 깨지면서 서로를 잘 아는 친구가 되었다. 서로 헐뜯기 바빴던 엄마와 아빠가 달라지자 아이들은 다른 형태의 가족 안에서 안정을 찾았다.

『우리는 육아가 끝나면 각자 집으로 간다』라는 인생의 한 페이지에 불과하지만, 두려움을 건넌 용기의 기록이자 인생의 강렬한 전환점이다. 세상에 나를 꺼내지 않았다면 작가라는 이름에서 오는 자신감도 얻지 못했을 것이다. 나의 이야기를 글로 쓴 건 용기가 만든 기적이었다. 2025년 4월 15일, 잊지 못할 그날의 불꽃은 오늘도 나를 노트북 앞에 앉게 한다.

2025년 서울국제도서전

단독 저서가 나온 이후, 내 일상은 새로운 방향으로 흘러가기 시작했다. 평범했던 하루가 특별한 날로 채워졌다. 인스타그램에 내 책을 홍보하는 일이 즐거웠다. 교보문고, 예스24, 알라딘 같은 대형 서점에서 하루가 다르게 순위가 바뀌는 것을 볼 때마다 입이 찢어지게 행복했다. 매일 구름 위를 걷는 기분이었다.

그런 날 속에서 손꼽아 기다리던 2025년 서울국제도

서전이 개막했다. 몇 년간 관람객으로만 다니다가 이번에는 작가로 참여하다니, 믿기지 않은 현실은 감탄뿐이었다. 국제도서전에 가기 몇 주 전부터 나를 꾸미기에 분주했다. 옷을 고르고, 머리를 손질하고, 작은 소품까지 신경 썼다. 정성껏 치장하는 동안 작가로서 당당하게 그 자리에 서자는 마음으로 한 번 더 자신감을 채웠다.

2025년 6월 18일 행사 당일, 멋진 작가로 독자에게 인사하고 싶었다.

"안녕하세요. 에세이 『우리는 육아가 끝나면 각자 집으로 간다』 작가 글짱입니다."

첫째 날, 출판 부스 앞을 지나가는 사람들에게 인사했다. 내 목소리에 관람객 시선이 책에 닿으면 책 소개를 놓치지 않았다. 종일 서서 말했는데도 힘든 줄 몰랐다. 하고 싶은 일을 할 때 얻는 에너지는 피로를 잊게 할 만큼 대단했다.

둘째 날에는 나의 즉석 북토크가 예정되어 있었다. 북토크 생각에 마음이 바빴다. 어제보다 일찍 서울행 버스에 몸을 실었다.

신청자가 한 명도 없으면 어쩌지, 내 키보다 큰 배너를 세워 놓고 기다리는 마음은 바짝바짝 타들어 갔다.

"글짱 작가의 북토크가 곧 시작됩니다."

내가 부르는 내 이름이 부끄럽지 않았다. 그곳에 작가로 있다는 사실만으로도 용기가 샘솟았다. 몇몇 사람이 관심을 보였고, 책을 구매하지 않아도 되니 잠시 쉬는 마음으로 앉아 이야기를 듣고 기념품도 받아 가라고 권했다. 다섯 명이 자리에 앉았다. 파란 표지의 내 책을 이리저리 보며 이야기를 듣는 그들에게 진심을 전하고자 했다. 한 장으로 남은 사진은 새로운 기록을 남겼다.

"내일은 리본을 달고 올게요."

마지막 날, 글짱 작가인 나를 확실히 알리고 싶었다. 책과 독자만 있는 행사장 안에서 내 열정은 분화하는 화산 같았다. 후배 둘이 선물해 준 내 책이 그려진 티셔츠와 화환 리본을 달았다. 멀리서 봐도 눈에 확 띄었고 반응은 뜨거웠다. 더 스스럼없이 작가인 나를 소개했다. 금방 잊힐 이름일지라도 내가 뿜어낸 열정만큼은 기억될 것 같았다.

"저도 이번에 신간을 출간한 작가입니다. 같이 사진 찍어주면 안 될까요?"

그해 서울국제도서전에는 배우 박정민이 운영하는 출판사도 참가했다. 관람객이었다면 감히 엄두도 내지 못했을 텐데, 그날은 내 책이 그려진 옷을 입고 작가로서 참여한다는 자신감이 박정민 배우에게 다가서는 용기가 되었다. 사진으로 남은 그날은 두고두고 회자하며 작가로서의 자존감을 한껏 끌어 올려주었다.

책을 사랑하는 사람이 넘쳐나는 곳에서 '나도 작가입니다.'라고 말하는 것은 특별한 일이었다. 더불어 상상할 수도 없었던 경험을 현장에서 피부로 느낀다는 건 특별함이라는 단어로 표현하기 부족한 '짜릿함, 희열, 성취감, 대견함'이 한 데 섞인 잊을 수 없는 감정이었다.

2025년 국제도서전. 두 아이의 엄마가 아닌 '작가 글짱'으로 서 있던 그날은 1할의 '꿈'과 9할의 '노력'이 만들어 낸 날이었다. 돌이켜 봐도 식지 않는 감동은 작가였기에 가질 수 있었던 선물이었다.

나의 첫 인세

책은 출간 후 3개월이 가장 빛나는 시기라고 한다. 그 말은 틀리지 않았다. 4월에 책을 출간하고 반년이 지나자 특별했던 시간은 서서히 일상으로 스며들었다. 인스타그램 피드는 다시 다른 책의 서평과 독서 모임 기록으로 채워졌고, '작가'라는 이름도 조용히 생활 속에 자리 잡아 갔다.

그런 시간을 보내던 12월, 출판사로부터 메시지가 도착했다.

"작가님, 인세 입금 안내입니다."

아직 명세서를 열지도 않았는데 가슴이 뛰고 난리가 났다. 기다리지 않았던 건 아니지만, 대형 서점에 배포된 책의 경우 판매가 저조하면 연말에 회수된다는 이야기를 여러 번 들었기 때문에 인세는 거의 기대하지 않고 있었다. 유명 작가가 아니기에 인세가 없다는 메시지가 와도 담담히 받아들일 마음의 준비를 하고 있었다.

그런데 명세서를 열어본 순간, 예상과 다른 숫자가 눈에 들어왔다. 가족과 기념 외식을 하고도 남을 만큼의 금액이었다. 가슴이 한 번 더 크게 뛰었다.

적지만 소중한 인세였다. 금액을 떠나서 내 책으로 처

음 받은 인세이기에 더 가치 있었다. 가볍게 가족 외식으로 쓰고 싶지 않았다. 기념되는 상징으로 남겨두고 싶었다. 고민 끝에 새 학기를 맞이하는 아이들을 핑계 삼아 다양한 브랜드가 모여 있는 쇼핑몰로 차를 몰았다.

'인세 받은 기념으로 나에게 선물을 주고 싶어.'

쇼핑몰에 도착하기 전까지만 해도 처음 받은 인세로 나에게 의미 있는 선물을 할 생각이었다. 의류 매장, 신발 마트, 화장품 코너 여러 곳에 들어갔지만, 가격표를 보니 결정하기가 쉽지 않았다. 그러던 중에 가지고 싶었던 색감의 가방이 걸음을 멈춰 세웠다. 할인 중이라 가격도 그렇게 부담되지 않았고, 크기도 적당해 여러 코디에 무난할 것 같았다. 그런데 인세를 한 번에 쓰려니 아까운 마음이 들었다.

"그 돈 가지고 있어 봤자 어차피 다른 데 쓰고 없어질

거야. 그냥 사.”

“그래, 엄마! 앞으로 인세 나올 때마다 가방 하나씩 사
면 좋겠다.”

구매를 앞두고 소심해지자 가족들이 결제를 서둘렀
다. 가방을 사지 않고 두면 먹는 데 쓰거나 공과금을 내
거나 자질구레하게 써 버려 남는 게 없을 거라며, 기념
으로 가방 하나쯤 남겨도 된다고 등 떠밀어 주었다. 허
락 없이 쉽게 열리지 않는 내 지갑이란 걸 아는지 여러
이유를 들어 나 대신 허락해 주었다. 그렇게 인세는 가
방이 되어 내 어깨 위에 메어졌다.

‘가방 사길 잘한 것 같아.’

에르메스, 디올, 구찌, 프라다, 루이비통 같은 명품 가
방은 아니지만, 내 손에 들린 가방은 그에 못지않게 값
졌다. 내 글로 얻은 결과로 장만한 첫 물건이라는 사실
자체로 명품이었다. 새로 사 온 가방을 좋은 날 매려고

아껴 두던 가방 옆에 놓았다. 평범한 날이 아니라 소중한 순간에 함께 하고 싶었기 때문이었다.

며칠 뒤 가방을 처음으로 개시할 날이 왔다. 주차가 불편한 곳이라 버스와 지하철을 갈아타야 했지만 전혀 번거롭지 않았다. 가방을 어깨에 메고 걷는 게 오히려 설렜다. 아무도 내 가방에 관심을 두지 않겠지만, 의미 있는 날 처음 개시한 가방은 흥얼거리는 내 기분처럼 가볍게 흔들렸다. 기분이 태도가 되면 안 된다는데 좋은 기분이 자꾸 태도로 나왔다. 작은 배려는 크게 느껴지고, 불친절은 사소하게 보였다. 따뜻한 헤이즐넛과 스콘은 어느 때보다 맛있었다.

겨울 볕이 드는 창가에 올려놓은 가방을 사진으로 남겼다. 그리고 큰아이 말처럼 인세로 명품 가방을 사는 날까지 오래오래 글 쓰는 작가가 되자고 굳은 의지를 마음에 새겼다. 작고 소중한 인세는 돈의 크기가 아니라 글을 계속 쓰게 만드는 이유를 알려주었다.

chapter 5.
오늘의 기록이 내일을 바꾼다

난생처음 독서 모임 '이음'

한 해 동안 서평을 쓰면서, 또 다른 즐거움을 알게 됐다. 책을 읽고 기록하는 일이 삶의 작은 기쁨이 되자, 나와 비슷한 일상을 사는 주부들에게 이 방법을 나누고 싶어졌다. 독서를 좋아하는 사람에게 도움이 되고 싶었다. 하지만 주변에는 바쁘거나 책에 흥미가 없는 사람뿐이었다.

이리저리 방법을 찾다가 네이버 카페의 독서 모임을

찾았지만, 내가 생각한 방향과 다르거나 사교 모임인 경우가 많았다.

'내가 하나 만들까?'

네이버 카페 개설은 어려운 일이 아니었다. 2023년 늦여름 충동적으로 '책 속의 산책'이라는 이름으로 온라인 카페를 개설했다.

1. 책을 좋아하는 사람
2. 사교 목적 사절
3. 이천 거주자
4. 20대 이상 성인
5. 주부 환영

가입 조건은 까다롭지 않았다. 함께 책 읽을 의사만 있다면 청년부터 노년까지 누구나 접근할 수 있게 했다. 거기에 서평 쓰는 방법도 함께 나누면 사람들이 금방 모일 거라고 생각했다.

예상은 보기 좋게 빗나갔다. 지역 육아맘 카페에 홍보 글을 올리고, 지역 커뮤니티에도 게시했지만, 반응은 미지근했다. 공짜라는 타이틀이 달려도 모여드는 독서가가 다섯 손가락 안이었다.

'내 돈 주고도 못 사는 책인데….'

겨우 모인 사람들을 붙잡고 싶어 내 돈으로 책을 사서 세 명에게 선물했다. 결과는 허탈함을 넘어 씁쓸했다. 한 명은 성의 없는 서평을 남겼고, 두 명은 흔적 없이 사라졌다. 또다시 사람에게 상처만 받았다.

"혹시 독서 모임에 참여할 수 있을까요?"

실망을 안고 있던 어느 날, 메시지가 왔다. 참여 인원은 세 명, 나이는 30대 중후반으로 또래였다. 무료라는 글에 신청한 사람일 거라 생각하고 무덤덤하게 답했다.

그러나 몇 번 주고받은 메시지에서 전해지는 느낌이 이전과 달랐다.

"같이 읽을 도서는 『대화의 밀도』입니다. 개인 구매 후 서평 남겨 주세요."

도서를 개인 구매해야 하는 조건에도 카페에 가입한 세 명은 책을 구매했고, 기억에 남기고 싶은 문장에 밑줄을 긋고 사진을 첨부하는 독후 활동을 이어갔다. 무료가 아닌데도 함께 읽고 서평을 남기는 그들이 고마웠다. 카페를 개설할 때 받았던 상처가 진심으로 책을 함께 읽고 나누는 세 명을 통해 아무는 느낌이었다.

하지만 온라인 모임이 오프라인으로 발전하기는 쉽지 않았다. 무료로 도서를 지원받고 싶었지만, 누구도 인스타그램과 블로그를 운영하지 않았다. 또 매번 책을 구매하자니 카페를 개설한 의도와 맞지 않았다. 여러 가지 현실적 불편함 때문에 카페는 그해 겨울을 넘기지 못하고 문을 닫았다. 마지막까지 함께 책을 읽어준 세 멤버에게 미안한 마음이 오래 남았다.

"혹시 우리 밖에서 만나 책 읽을 수 있을까요?"

카페 문을 닫고 한 달이 지났을 즈음 뜻밖의 메시지를 받았다. 마지막까지 책을 같이 읽은 세 멤버에게서 오프라인 모임을 하자는 제안이 온 것이다. 잠시 망설였다. 카페 문을 닫을 때의 미안함 때문에 고민했다. 혹시 오프라인 모임도 어정쩡하게 끝나게 될까 봐 조심스러웠다. 그리고 사람이 버거워 책으로 도망쳤는데 다시 사람 안에 섞일 수 있을까 걱정도 되었다. 그럼에도 그들에게서 전해지는 온기가 메시지에 고스란히 담겨 있었다. 그래서 만나기로 했다.

흰 눈이 소복하게 쌓인 날 첫 모임을 했다. 약속 장소에 나가기 전에 혹시 모를 뒷말조차 남기고 싶지 않아 한껏 외모에 힘을 줬다. 평소 잘 신지 않는 부츠도 꺼내

신었다. 그런 나와 달리 그들은 운동화에 점퍼, 모자까지 눌러쓴 편안한 차림이었다. 친구를 만나러 나온 얼굴이었다. 그들 앞에서 잔뜩 멋을 부린 내가 괜히 민망해졌다. 그러나 그들은 내 겉모습에 관심이 없었다. 온전히 책을 좋아하고 내면이 온화한 사람들이었다.

두 시간이 어떻게 흘러갔는지도 모르게 첫 만남이 아쉽게 끝났다. 책 이야기에서 시작된 대화는 삶의 이야기로 자연스럽게 이어졌다. 그들의 말투와 미소는 꾸밈없는 다정함 그 자체였다. '다시 만나자'라는 말에는 진심만 있었다.

몇 번의 만남 끝에 우리는 책으로 이어진 친구가 됐다. 그리고 봄이 지나고 여름이 다가설 때 좋은 사람을 하나 둘 내 옆에 앉혀 주었다. 함께하는 이들이 무엇을 가졌는지는 중요하지 않았다. 나 자신이 누구인지가 중요했다. 자존감과 자신감이 하늘을 찔러도, 바닥으로 곤두박질쳐도 괜찮았다. 오롯이 있는 그대로의 나를 봐

주는 그들이었다.

작은 것에도 반짝이는 힘을 주는 그들과 함께 우리 모임의 이름을 '이음'으로 정했다. 소속감이 생기자, 의미 있는 독서를 위해 필사도 함께 시작했다.

2024년이 지나고 2025년에 '이음'은 열한 명 완전체가 되었다. 모든 계절을 함께하지는 않았지만 봄에는 버스를 타고 복사꽃 아래에서, 여름에는 민들레처럼 노란 옷을 맞춰 입고 서울국제도서전의 열광 속에서, 가을에는 알록달록 단풍과 겨울에는 흰 눈 아래에서 매월 같은 책을 읽고 다른 문장으로 서로를 읽고 썼다.

거짓 없는 진심으로 나를 이끌어 준 사람들이었다. 그들 덕분에 나는 사계절의 아름다움을 온몸으로 느낄 수 있었다.

사람에게 지쳐 책 속으로 숨던 내가 이제는 책을 핑계

삼아 사람을 만나고 있다. 그리고 그 시작에는 다정하
다는 말이 가장 잘 어울리는 '이음'이 있었다.

낭독 모임 '도란도란'

책으로 이어진 인연, '이음'은 더없이 따뜻했다. 하지만 친목 느낌이 강한 까닭에 다정한 에너지는 넘쳤지만, 필사는 흐지부지 끝났다. 독서와 필사라는 주제가 있지만, 정체성을 지켜나가는 일은 쉽지 않았다.

"매월 전문적인 독서 모임을 하고 싶은데 어때?"

이음을 이어준 친구들에게 조심스럽게 의견을 냈다. 친목이 아닌 책이 주체가 되는 모임을 만들고 싶다는 욕심도 소심하게 내비쳤다. 이음이 싫은 건 아니지만 상대에게 괜한 오해와 서운함을 주지 않을까 싶어 조바심이 났다.

"좋아, 나도 책만으로 이루어진 모임을 하고 싶었어."

걱정과 달리 그들의 대답은 시원했다. 그렇게 이음에서 파생된 또 다른 인연이 2025년 봄에 시작되었다. 새로 만든 모임의 이름은 '도란도란'이었다. SUV 한 대로 움직일 수 있는, 다섯 명으로 구성된 작은 모임이었다.

화창한 5월 14일, 우리는 책이 있는 곳으로 차를 몰았다. 첫 방문지는 홍천도서관이었다. 책이 주는 안정감에 스며 각자 책을 읽었다. 같은 공간에서 서로 다른 힐링을 경험하는 일은 기대 이상으로 마음을 쓰다듬어 주었다. 이후 북카페를 찾아다니며 책을 중심으로 할 수 있는 일을 하나씩 시도했다.

『우리는 육아가 끝나면 각자 집으로 간다』

어느 날 친구 한 명이 새로 출간한 내 책에 마음을 담아 또박또박 낭독한 목소리를 공유해 주었다. 예상치 못한 선물에 울컥 눈물이 맺혔다. 말할 수 없는 고마움이 마음을 가득 채웠다. 그 순간 떠올랐다. 책을 찾아다니는 모임이 아니라, 목소리로 책의 의미를 전하는 우리가 되면 어떨까.

갑작스러운 제안이었지만 모두 흔쾌히 동의해 주었다. 여름이 지나갈 무렵 도란도란은 낭독 모임으로 정체성을 확립했다.

낭독은 글을 읽고 쓰는 것과 다른 느낌이었다. 목을 가다듬고 집중해 읽는 문장 속에서 작가가 전하는 메시지가 각자 다른 매력으로 전해졌다. 거기에 강제성이 더해진 책임은 낭독에 힘을 실었다.

"우리, 작가와의 만남 해 보는 거 어때?"

몸집을 키우기로 했다. 낭독한 책의 저자를 만나 이야기를 나누면 더 특별할 것 같았다. 이 목표가 생긴 데는 나의 책을 다양한 사람과 함께 읽었을 때 받은 감동이 한몫했다. 내가 느낀 이 감정을 자신의 이야기를 글로 풀어낸 신인 작가에게 나누고 싶었다. 어쩌면 개인적인 만족일지도 모르는 이 도전을 도란도란과 함께 이루고 싶었다.

계획은 내가 세웠지만 실행은 친구들이 함께 했다. 덕분에 막연한 바람으로 끝날 뻔한 생각이 현실이 되었다.

2025년 7월 이재아 작가와의 만남은 8월에는 강소영 작가와의 만남으로 이어졌다. 우리는 웃기도 하고 울기도 했다. 책을 읽고 낭독했던 문장들이 작가에게는 감동으로, 우리에게는 잊지 못할 한 페이지로 돌아왔다.

낭독한 책은 어느새 일곱 권이 되었다. 두 차례 작가와의 만남도 기록으로 남았다. 그 시간을 지나며 흔들리던 정체성과 혼잡했던 마음이 제자리를 찾았다. 다음을 기대하게 만드는 힘은 뚜렷한 목적을 만날 때 다정함만큼이나 단단하다는 사실을 도란도란을 통해 발견한다. 그리고 그 정체성을 책임지는 리더의 역할이 얼마나 중요한지를 배운다. 그렇게 나는 도란도란의 첫 리더가 되었다.

북토크, 용기가 가르쳐 준 성취

책을 읽는 데서 멈추지 않고 작가와의 만남을 통해 저자와 직접 이야기를 나눴던 경험은 큰 울림으로 남았다. 오감으로 느낀 그 시간은 더 큰 꿈을 그리게 했다. 목표를 행동으로 옮겼을 때 온몸 깊숙이 전해지던 전율은 지금도 잊을 수 없을 만큼 짜릿했다.

"나, 이천에서 북토크를 해 보고 싶어."

저돌적인 추진력이 또 발동을 건다. 다른 곳이 아닌 내가 살고 있는 이천에서 꼭 북토크를 열어 보고 싶었다. 4월에 신간을 출간한 이후 두 차례 작가와의 만남을 마치자 자신감이 하늘을 찔렀다. 거기에 윤슬 작가님 초대와 흔쾌한 승낙까지 더해지자, 이미 북토크를 성황리에 마친 듯한 기대감에 부풀었다.

독서의 계절 9월에 2025년 〈이천을 읽다〉 북토크 일정을 잡았다. 예스파크에 있는 카페 예약도 공간 대여금 없이 일사천리로 이뤄졌다. '하고 싶다'에 그치지 않고 '하자'로 나아가는 나를 온 우주가 도와주는 것 같았다.

시청, 도서관 문화센터, 보건소, 지인 미용실과 안경원에 홍보물을 붙였다. 서울과 수도권까지 나가지 않고 이천에서 작가를 만날 수 있다는 문구에 많은 인파가 모이면 어쩌나 하는 즐거운 걱정까지 했다.

'50석 예약했는데….'

하지만 오래가지 않아 걱정은 근심이 되었다. 9월 북토크 날짜가 다가와도 연락처를 남기는 문자가 오지 않았다. 평소 연락하지 않던 지인들에게까지 홍보 메시지를 보냈지만 참여 소식은 없었다. 자신감이 한순간에 부담감으로 바뀌며 실패라는 단어가 눈앞에 아른거렸다.

북토크 자체를 이해하지 못하는 독자가 대부분이었다. 작가와의 만남에 참여하려면 책을 구매해야 한다고 오해하는 독자도 수두룩했다. 북토크에 참가하는 작가님들에게 면목이 없었다. 한없이 떨어지는 자신감은 결국 포기를 불렀다.

행사 취소를 알리기 위해 친구들을 만났다. 하지만 포기를 선언하지는 못했다.

"요즘 우리 별명이 뭔지 알아? 들개야."

마치 들개처럼 〈이천을 읽다〉 행사를 홍보하고 있다는 말에, 작가진을 위해 꽃을 준비하고 있다는 미소에 찬물을 끼얹을 수 없었다. 나보다 열정적인 그들에게 포기를 말할 수 없었다. 다시 해 보자는 용기만이 유일한 선택지였다.

'I can do it?'이 'I can do it!'으로 바뀌면서 안 될 거라는 불안을 멈추고 태도를 바꿨다. 물음표를 나열하는 대신 느낌표를 쾅쾅 박았다. 눈앞에 아른거리던 실패라는 단어가 사라지자 소수지만 참여 의사를 문자로 보내준 독자가 보였다. 궤도를 이탈했던 책임감이 우여곡절 끝에 제자리로 돌아왔다.

"2025년 9월 15일, 제1회 〈이천을 읽다〉 북토크를 무사히 마무리했습니다. 감사합니다."

처음 예약한 50명을 다 채우지는 못했다. 참여자 중 절반이 독서 모임 친구들이었고, 그중 절반은 홍보물로 참여한 독자였으며, 또 그중 절반은 인맥으로 축하를 전하는 지인이었다. 하지만 숫자는 중요하지 않았다. 실패하면 어쩌나 하는 두려움에도 포기하지 않고 꿈을 현실로 실현했다는 사실이 중요했다.

〈이천을 읽다〉 북토크를 마치면서 두려움을 이겨 낼 용기가 때로는 내 안이 아닌 다른 이의 손과 발걸음에서 전해진다는 것을 배웠다. 이날의 성공에는 누구보다 열정을 쏟아 준 친구들의 응원이 있었다. 함께 걸어 준 든든한 발걸음이 모여 증명한 결과였다.

책임을 다해 끝까지 해냈을 때 꿈은 현실이 되었다. 그리고 그 현실은 우리로 하여금 '해냈다'라는 벅찬 성취감을 안겨주었다.

이천의 대표 독서 모임을 꿈꾸다

"하고 싶은 게 생기면 해야지."

무엇이든 '하고 싶다'라는 말이 떨어지면 주저 없이 '하자'라고 답해 주는 친구들이 있다. 언제나 든든한 지원군이다. 목표를 향해 나아가려 할 때 두려움이 발목을 잡으면, 그들은 망설임 없이 손을 내민다. 어떤 시작 앞에서도 먼저 '할 수 있다'라고 말해 주는 그들의 응원은 안개 속에서 방향을 잃기 쉬운 발걸음을 다시 앞으로 나아가게 한다. 덕분에 나에게는 후퇴라는 선택지가 없다.

"뭐든 괜찮아요. 하고 싶은 거 다 하세요."

폴리매스 공간은 언제나 열린 문처럼 나를 맞이해 준다. 작은 계획에도 기꺼이 마음을 보태는 곳이다. 이곳에서는 노래를 부르고, 피아노를 치고, 낭독하고, 책 속 문장을 나누는 모든 시도가 허락된다. 누군가가 새로운 꿈을 꺼내 놓으면, 그 꿈을 함께 키워 줄 아이디어가 모여드는 곳이기도 하다.

도란도란 낭독 모임의 새로운 멤버들 역시 각자의 빛을 품고 있는 사람들이다. 문학을 사랑하고, 문장을 예술로 표현하며, 책 속에서 삶의 이유를 길어 올리는 사람들. 서로 다른 빛을 가진 사람들이 모여 하나의 온기를 만든다. 그들과 함께할 때면 결과가 기대에 미치지 못하더라도 후회하지 않을 자신감이 생긴다. 혼자라면 감히 시작하지 못했을 일도 함께이기에 도전할 수 있는 에너지가 된다. 그들의 열정이 화산처럼 끓어오르는 순간을 볼 때마다 이 모임을 이천에서 영향력 있는 독서 공동체로 성장시키고 싶다는 열망이 내 안에서 불타오른다.

리더가 되어, 문을 열고 밖으로 먼저 나서는 일에는 언제나 용기가 필요하다. 그 용기가 실패를 두려워하지 않는 담대함인지, 좌절을 견디려는 의지인지 나도 정확히 알 수 없다. 다만 분명한 것은 '시작'이라는 의미가 나를 그 길 위에 세워 놓는다는 사실이다.

앞으로 걸어갈 힘은, 길의 상태에 달려 있지 않다. 그 길이 자갈길이든, 사막길이든, 진흙탕이든 상관없다. 중요한 것은 그 길을 누구와 함께 걷느냐다. 손을 잡고 함께 걷는 사람들이 있다면 어떤 길도 결국 지나갈 수 있다.

의지가 되는 사람들에게 하고 싶은 무언가를 말할 수 있다는 것은 행복을 넘어 해낼 수 있다는 믿음이 생기는 일이다. 그 믿음과 확신은 새로운 꿈을 현실로 끌어올 이유로 충분하다.

2026년, 우리는 제2회 〈이천을 읽다〉 북토크를 준비하고 있다. 이번에는 예전처럼 무모한 자신감에 기대어 시작하지 않으려 한다. 두려움을 애써 밀어내지도 않는다. 대신 벽돌을 차곡차곡 쌓아 올리듯 차분하게 준비하려 한다. 성급하게 결과를 바라보기보다 과정에서 서로의 가능성을 발견하고 싶다.

어쩌면 2026년은 내가 리더로서 새로운 문을 여는 해가 될지도 모른다. 그 시작에는 언제나 든든한 친구들이 있고, 가능성을 열어주는 공간 폴리매스가 있으며, 따뜻한 목소리로 책을 나누는 도란도란 낭독 멤버들이 있다.

혼자가 아닌 우리로 함께 걷는 힘으로 성장하기를 기대한다. 그리고 언젠가 이천을 대표하는 독서 모임 도란도란으로 자리 잡기를 꿈꾼다. 단순히 우리끼리 즐기는 낭독이 아니라, 세상과 나누는 낭독이 되기를 바란다. 책 속의 문장을 삶의 이야기로 풀어내며 의미 있는 자리마다 우리의 목소리를 전하는 공동체가 되고 싶다.

아직 우리는 완전하지 않다. 부족한 점도 많다. 그러나 꾸준히 계획하고 작은 성취를 차곡차곡 쌓아 간다면 결국 단단한 기반이 되어줄 것이다.

계속 쓰는 작가

"나를 쓴다는 건 곧 내면의 나와 독대하는 것이었다."

책에 나의 이야기를 담는 것은 내면의 나를 오롯이 바라보는 일이었다. 겉모습 뒤에 숨겨진 나의 색을 꺼내 마주하는 시간이었다.

그 색이 짙은 빨강인지, 푸른 파랑인지, 연약한 분홍인지, 흐릿한 잿빛인지, 혹은 깊은 어둠의 검정인지 가만히 들여다보는 일. 글을 쓰는 것은 그렇게 나와 마주 앉아 기록하는 독대의 순간이었다.

때로는 양파 껍질을 벗기듯 나를 하나씩 벗겨 내야 했다. 수시로 눈물이 흘렀다. 나를 글로 쓰는 일은 생각보다 많은 용기를 요구했다.

어떤 날에는 짧은 문장 하나에 아픔이 또렷해졌고, 어떤 날에는 길게 이어진 문장 속에서 설명하기 어려운 불안과 불편함을 느꼈다.

그럼에도 책을 쓰는 이유는 작은 조각들로 어지럽혀진 내면을 청소하는 일이기 때문이다. 혼자 끙끙거리며 감춰 두었던 과거의 상처를 글로 꺼낼 때 쓰라린 약을 발라 현재를 치유할 수 있기 때문이다.

치유의 과정은 생각보다 명쾌하지 않다. 때로는 치졸하고, 때로는 옹졸하고, 때로는 눈물이 펑펑 쏟아지고, 때로는 활기가 넘치기도 한다. 뒤죽박죽된 감정이 제

모양으로 퍼즐을 맞출 때까지 끼웠다가 빼기를 수없이 반복하기도 한다.

'시간이 지나면 괜찮아진다'라는 상투적인 말이 통하지 않는 날도 빈번하다. 까도 까도 따가움에 눈물이 멈추지 않는 양파처럼 익숙해지지 않고, 주변을 계속 빙빙 맴도는 기분을 떨쳐내기 어려운 날도 생겨난다.

그러나 한 가지 분명한 사실이 있다. 엄청난 용기로 꺼낸 내면은 반드시 이전보다 가벼워진다는 것이다. 그것이 추억이든, 이해든, 동정이든, 사사로운 감정이든 어떤 형태로든 이전보다 덜 아픈 모습으로 변한다.

그 힘으로 2026년 1월『괜찮은 하루』공저를 냈다.
두 편을 쓰는 일이었지만 일상을 공유한다는 것은 쉽지 않았다. 누구에게나 있을 법한 월요일 아침 풍경과 금요일 저녁 풍경을 글로 옮기는 것은 부담스러웠다. 공감할 수 있는 이야기가 아닌 뻔한 이야기가 될지 모른다는 걱정이 앞섰다. 그럼에도 썼다. 결과보다는 새해에 책을 쓰고 있다는 것에 의미를 두고, 최고는 아니더라도 최선을 다하는 마음으로 썼다.

"매운 콘치즈 나도 먹고 싶더라."

예상치 못한 반응이었다. 금요일 서사가 생생하게 살아 있다는 표현이 여러 사람에게서 들려왔다. 금요일의 풍경이 생경하다는 반응도 있었다. 흔하다고 생각한 일상이 흔하지 않다는 반응은 내게 낯선 설렘으로 다가왔다. 책 쓰기의 매력을 새삼 또 느꼈다.

저자는 책을 쓰는 경험이 아니라 읽는 사람을 통해 성장한다. 크기와 부피와 상관없이 전해지는 공감의 힘이 저자에게 다시 글을 쓸 희망이 된다.

덕분에 나는 책 쓰기를 멈추지 않는다.
한 문장 한 문장 내 손끝을 따라 마침표를 찍을 때마

다 버킷리스트 마지막 장에 끼워 둔 소망에 조금씩 다가가는 기분을 느낀다.

"바다가 보이는 카페의 볕뉘 아래,
흔들의자에 앉은 노모를 바라보며
작은 창문 너머 풍경을 벗 삼아
여전히 타자 앞에서 활자를 수놓는
글짱 작가로 남고 싶은 마음."

아직 나를 쓰는 일에는 많은 용기가 필요하다. 수없이 반려되는 기획서 앞에서 시행착오를 겪어야 하고, 퇴고 과정에서는 좌절의 쓴맛도 반복해 삼켜야 한다.

그럼에도 나는, 오롯이 내면의 나를 자주 꺼내 보는 사람이 되고 싶다. 소리 없이 흐르는 글 속에서 누군가가 밑줄을 긋는 한 문장, 그 문장에 힘을 실어주는 작가 되고 싶다. 쏟아낸 글 위에서 위로와 응원을 받는 독자의 순간을 놓치고 싶지 않다.

말간 얼굴로

나를 마주할 수 있을 때까지,

글짱으로 오래도록 머물고 싶다.

에필로그

노트북을 여는 황금 시간

노트북을 여는 황금 시간

얼마 남지 않은 통장을 들여다보는 대신,
나는 노트북을 연다.

서평단 모집 글을 천천히 살펴보고, 읽고 싶은 책에 댓글
을 남긴다. 체험 플랫폼에 접속해 신청 버튼을 누른다. 블
로그를 열어 어제 완독한 책의 여운을 기록한다. 체험을 마
친 사진과 영상은 미리 정리해 둔다. 자투리 시간에는 서툰
글씨체를 다듬기 위해 필사 연습도 빠뜨리지 않는다.

오전 11시, 가방에 책 한 권과 노트북을 넣고 집을 나선다. 햇살이 좋으면 책을 읽고, 감정이 먼저 떠오르면 노트북을 펼친다. 고요하게 앉아 있는 시간이 더는 적막하지 않다. 머릿속을 채운 글감이 오늘도 넘쳐난다.

하나는 서평으로 남기고,

둘은 리뷰로 정리하고,

셋은 기획서를 쓰고,

넷은 나의 이야기를 원고에 담는다.

오전의 글쓰기는 꽃을 키우는 일과 닮았다. 꽃봉오리가 피어날 수 있게 햇살을 비추고 물을 주듯 나 역시 글 속에서 나를 돌본다. 이렇게 쌓인 오전의 시간이 언젠가 활짝 피어날 그날을 설렘으로 기대한다.

물론 이 시간이 쉽게 주어진 것은 아니었다. 서평 쓰기는 가뭄 같은 시간을 견뎌야 했고, 리뷰 쓰기는 밭을 갈아엎듯 다시 써야 하는 날이 많았다. 마감 기간 내에 넘기지 못한 글은 그대로 탈락했다.

기획서의 뼈대를 만들다가 여러 번 넘어졌고, 퇴고할 때는 하기 싫은 마음을 억지로 달래며 의자에 앉아 있어야 했다. 겨우 완성한 글이 방향을 잃어버릴 때면 사방이 벽처럼 느껴졌다. 한 페이지를 쓰기 위해 온종일 애를 써도 남는 것이 아무것도 없는 날에는 가혹한 벌을 받는 기분이었다. 그럼에도 내가 오전에 노트북을 여는 이유는 분명하다. 오늘 써 내려간 문장 속에서 번뜩이는 아이디어를 발견하는 순간이 있기 때문이다.

평일 오전의 노트북은, 나를 마흔두 살 아줌마가 아니라 '글을 쓰는 사람', '작가 글짱'으로 살아 있게 한다.

이 생동감은 오전을 넘어 오후까지 방전 없는 에너지다. 한참 노트북에 글감을 쏟아내고 나면 넘치던 글감이 제자리를 찾는다.

오후 1시,

나를 정리하고 고요하게 흐르던 혼자만의 시간을 다시 가방에 담아 집으로 돌아온다. 아이의 하교 시간에 맞춰 현관문을 열고, 거실에 남아 있는 아침의 흔적을 정리한다. 간식을 준비하고, 밀린 집안일을 하나씩 끝낸다.

예전에는 다섯 시간이 있어도 해내지 못했던 일을 이제는 한 시간 내에 차분히 정리한다. 여유는 주어지는 것이 아니라 만들어 가는 것이라는 사실을, 나만의 시간으로 채운 오전이 다시 한번 증명한다.

하루를 채우는 힘의 원천은 결국 나에게 있었다. 내가 손에 쥐고 있는 것들이 삶을 플러스로 만들지 혹은 마이너스로 만들지는 내 결정에 달려 있었다.

만약 여전히 통장 잔고만 바라보고 있었다면 지금의 나는 없었을 것이다. 적막 속에서 나태함에 머물러 있었다면 글쓰기를 시작하지 못했을 것이다.

불만과 불평을 껴안고 있었다면 책장을 채울 책도, 정보 기록장도 가질 수 없었을 것이다. 특히 작가라는 이름을 얻는 것은 불가능했겠지.

아이들이 등교하고 난 오전 시간. 어쩌면 주부에게만 주어진 황금 시간일지도 모른다. 그 시간을 나를 위해 쓴다는 것은 특별한 기회다. 내가 움직이기만 한다면 평일 다섯 번의 오전은 어떤 불가능도 조금씩 가능성으로 바꿀 수 있다.

혹시 무료함이 당신의 어깨를 무겁게 누르고 있다면,
혹은 오전 시간이 허무하게 흘러가고 있다면,
통장 잔고 대신 노트북을 먼저 열어 보기를 권한다.

별것 아닌 작은 행동이
당신의 나태함을 이겨내고
새로운 꿈을 깨우는 시작이 될지도 모르니까.

시간은

당신이 그것을 어떻게 사용하는가에 따라

가치가 달라진다.

- 토니 로빈스 -

시간은

인간이 가진 가장 희소한 자원이다.

그리고 그것이 어떻게 사용되는지는

전적으로 당신에게 달려있다.

- 피터 드러커 -

평일 오전의 작은 기적

초판 1쇄 발행   2026년 4월 15일

지은이   글짱

펴낸이   김수영
경영지원   최이정 · 박성주   마케팅   박지윤 · 여원
브랜딩   박선영 · 장윤희   교정.교열   김민지
표지 디자인   디자인스튜디오 마음
펴낸 곳   담다
출판등록   제25100-2018-2호 (2018년 1월 9일)
주소   대구광역시 달서구 문화회관길 165, 대구출판산업지원센터 402호
이메일   damdanuri@naver.com
인스타   @damda_book
블로그   blog.naver.com/damdanuri
ISBN   979-11-89784-69-0 (03810)

도서출판 담다는 생각과 마음을 담은 원고 투고를 기다리고 있습니다. 작가의 꿈을 이루고
싶은 분은 이메일 damdanuri@naver.com으로 출간기획서와 원고를 보내주세요.

도서출판담다